夢は枯野をかけめぐる

風羅坊

松尾芭蕉

山城利躬
YAMASHIRO TOSHIMI

幻冬舎 MC

夢は枯野をかけめぐる

風羅坊・松尾芭蕉

目次

第一部　夢は枯野をかけめぐる

第二部

猿蓑を軸とした芭蕉門下の俳人

第三部

芭蕉考察

芭蕉の特定の作品についての考察

第四部

松尾芭蕉　その後

第一部

夢は枯野をかけめぐる

生い立ち

芭蕉は、一六四四年伊賀上野に、松尾与左衛門の次男として生まれた。生家は、松尾姓を称しているが、武家でなく、実態は決して豊かではない百姓であった。母の出自は、百地氏と言われている。十歳中頃に、伊賀上野の藤堂良精の嗣子で、二歳年上の、藤堂良忠に仕えた。この良忠が蝉吟と号する俳諧人で、その連中に加えられ俳諧の道に入ったと言われている。その当時の句の一例

杜若にたりやにたり水の影

この藤堂家は、藤堂氏の侍大将という大家であるから、貧しい百姓の子の芭蕉が、いきなりそのお伽衆として仕えたとは考えられず、以下推測になるが、藩立の学問所がまだなく（一八二〇年に習書寮創立）寺子屋のような所で、藩士の子弟も領民の子も、読み書きに机を並べて勉強したと思われる。藤堂家の下屋敷が芭蕉の生家の近

くであったこと、苗字が許された家柄であることから、そういう機会があっても不思議ではない。芭蕉の人並み外れた、感性、才能を、蝉吟がほれ込み、のちに、蝉吟元服の頃、個人的な勉強の相方として、抜擢したのではないか。名目上は、賄方とか言われているが、実質的には、読み書きの相方として、また、俳句の師北村季吟への連絡役とか。この時期の、猛勉強が、芭蕉人生の基礎を作った。この季吟（一六二五年―一七〇五年）という人は、俳諧は勿論、古典文学、芸能に関する造詣が深く、『源氏物語湖月抄』ほか、古典文芸全般について、多くの著書がある。晩年には、将軍綱吉により、幕府初代歌学方に登用されるほど、社会的地位もあった。季吟の周辺には、古典文芸に関する書物の山があり、日常の話題も、それらに関するものが多かったと推測できる。芭蕉の教養は、この時代、この生まれ育った環境からすれば、信じられないほど広い。良忠という良い上司を得、季吟という良い指導者を得、おそらく、主人以上の熱心さで勉強した成果と思われる。身辺に書物を積んでという身分ではなく、記憶力と、耳学問という手法も使って。藤堂良忠が死亡（没年二十五歳）し、芭蕉は二十三歳で職を失ったが、その後もなんらかの形で、北村季吟に指導を受け続けた。この季吟との接触を続けたことが、芭蕉の、俳諧のみならず、古典文学・和歌・能・茶道、中国の詩歌にまで及ぶ知識を身につけることを可能にした。この接触を可能にした要因の一つに、藤堂家と季吟との、文化的交流をつなぐ連絡役として働いていた形跡が見てとれる。藤堂家退身後も季吟門下生として、〝伊賀上野宗春〟の名で、季吟主宰の「続山井」に三十余句入集するまでになっている。但し、この期間の公的な個人的な生活記録は無い。

寛文十二年（二十九歳）正月二十五日、宗房（芭蕉）は自作処女作の文集「貝おほひ」を生家裏庭の「釣月軒」にて完成。伊賀上野天満宮に奉納している。「伊賀上野松尾氏宗房釣月軒にしてみずから序す」と記されている。釣月庵とは、単なる作業小屋でなく、読み書きが出来る空間であったと考えられ、多分、芭蕉の父の建てたもので、日常の農作業のあいまに、書物を読み、思考を廻らしていたのではなかろうか。だとすれば、芭蕉がそのような父の素質を受け継ぎ、父はこの次男に将来の望みを託し、幼児より学業の支援をおしまなかったと推測出来る。芭蕉という天才児が突然に生まれたと考えるより、この方が納得できる。

延宝二年（一六七四年）三月、三十一歳のときに北村季吟より「俳諧埋木」という秘伝を伝授された。連歌俳諧の秘伝書で、現代の大学卒業免状に相当する。ここに至って、俳諧で身を立てる意欲を得て、新天地江戸へ東下の決心をする。

東下

北村季吟から「俳諧埋木」の秘伝を受けた芭蕉は、それを踏台にして、江戸入りをしたと思われる。この時より俳号を〝宗房〟より〝桃青〟と改め、伊勢出身の俳諧師〝高野幽山〟の執事となった。延宝五年三十四歳で独立、万句興行を成功させ、新進気鋭の若手宗匠として注目されるに至った。門弟の数も二十名を数え、その中には、後年、蕉門十傑と言われる、其角、嵐雪、そして芭蕉に終生財政的後援を惜しまなかった杉風がいた。また、この時期に、神田上水工事の住居兼事務所を、上水取り入れ口近くに設けている。その跡は、後年、その地で俳句の指導を受けたという弟子によって再建され、現在も東京都の史跡として指定され、〝史跡関口芭蕉庵保存会〟によって保存されている。同庵には、芭蕉翁と、高弟の其角・嵐雪・去来・丈草の像が安置されている。芭蕉像は芭蕉三十三回忌に、嵐雪・去来・丈草は一八六二年に、其角像は一九三二年に設置され、全て現存している。蕉風立ち上げにあれだけ功績のあった其角像作成が昭和の時代まで遅れたのは、晩年に蕉風逸脱とみなされる時代があったからではないか。

隠遁

三十七歳の秋、神田川上水工事監督の仕事も、江戸俳壇若手宗匠の名声も、全てを放棄して、杉風所有の深川の庵（現在の深川芭蕉記念館）へ、単身で移って来た。

現在の深川芭蕉記念館の屋上から、私は眼前の風景を見た時に、〝衝動〟とも〝納得〟とも言えるものを感じた。墨田川河口から広大な海（東京湾）へと広がる展望、眼前に聳え立ったであろう名峰富士。今では高層ビルに隠されているが、芭蕉の時代では、雄大な富士山が眼前にせまってきた事であろう。以下全く推測であるが、何かの話のなかで、弟子の杉風から、かれの持つ深川の作業小屋からの風景を聞き、そこを訪れた芭蕉は大変な衝撃を受けたのではないか。これこそ、深く敬愛していた西行法師や、中国の李白・杜甫の詩の根源をなす風景である事を直感した。そして今、自分はとんでもない誤った俳諧の道を進んでいる事に気づいた。北村季吟を師とし、古典文芸を熱心に勉強した芭蕉は、日本にあっては西行法師の、中国にあっては、李白・杜甫の格調高い詩の世界〝侘び・寂び〟に強い憧れを抱いていた。その風景が眼前にある。その時の歓び。おそらく、富士山頂初冠雪の頃か。

深川三またの辺りに艸庵を侘て、遠くは士峯の雪をのぞみ、
ちかくは万里の船をうかぶ　　俳文「寒夜の辞」

しかし、住んでみて、現実は予想以上に厳しかった。物心ともにどん底の生活であったと想像できる。貧すれば、それだけで詩が書けるものではない。

乞食の翁　句文　泊船堂主　華桃青

窓含西嶺千秋雪
門泊東海万里船

我その句を識りて、その心を見ず。その侘をはかりて、その楽しびを知らず。ただ、老杜にまされる物は、独り多病のみ。閑素茅舎の芭蕉に隠れて、自ら乞食の翁と呼ぶ。

櫓声波を打つて腸氷る夜や涙
貧山の釜霜に鳴る声寒し

買水
水苦く偃鼠が咽をうるほせり

歳暮
暮暮て餅を木玉の侘寝かな

句文の最初の漢詩は、杜甫の詩の一節。「西に千年の雪を頂く山をながめ、眼前に巨船が浮かぶ風景に住んでも、私はそれを杜甫のように、詩に表現して楽しむことが出来ない心身ともに極貧の乞食老人である」の意。

芭蕉野分して盥に雨を聞く夜かな

このような心身ともに行き詰まった状態で、芭蕉の人生観に深い影響をあたえ生涯師と仰ぐ僧に出会う。根本寺住職佛頂である。佛頂が住んでいた臨川庵と芭蕉庵とは、小名木川という堀川を渡って、徒歩十五分くらいの距離である。

人間本来無一物

芭蕉が佛頂より学んだ究極の教えは〝人間本来無一物〟である。芭蕉は自らを「風羅坊」と自称し、外面も内面も、生涯その通りの人生を送ったのであるが、当時、心身共に窮地にあったこの時の芭蕉が、これから進むべき行方の、突破口を求めて、佛頂の門をたたいたということではないだろうか。芭蕉が、どの様な形で、佛頂と面会したか、公式の記録はない。臨済宗根本寺住職の佛頂和尚の知識・人柄については、風評として、知っていたかもしれないが、出会いの具体的な様子は記録として残ってはいない。逢ってみて、忽ちその知識、人柄に感銘を受け、日夜通い続け、奥深い禅の世界に傾倒して行ったと想像する。

佛頂和尚は、芭蕉より二歳年長である。当時、臨済宗妙心寺派根本寺の住職（最高位者）であった。徳川家康より、東関東の鎮護の拠り所として、隣接する鹿島神宮と等分の、百石を寺領とされていたものを、鹿島神宮が勝手に根本寺分の五十石を取り込んでいることについて、原状回復の訴訟を幕府に起こしていたものである。鹿島神宮を誹謗中傷せず、ひたすらに、正義の回復のみを訴え続けた態度は、関係者各位に感銘を与え、八年間かかったが、根本寺の勝訴となった。

佛頂が仏道を志した幼少時のエピソード。

まだ幼い時、近所の明蔵寺の柿を盗み取ろうとして、寺の住職に見つかった。日頃、父親に、何かと殴られていたので、どんなお仕置きを受けるかと恐れていたが、住職は、今年は柿も少なくなってしまったが、来年もう少し早く来れば沢山たべられるよと言って、頭を撫でてくれた。坊さんになればこんな人になれるのかと、感動したのが発心の動機であったと伝えられている。父は粗暴な人で、母親は溺愛の人であった。家出して寺へ駆け込む佛頂は幾度か連れ戻されたが、初志貫徹、八歳で、鹿嶋根本寺（臨済宗）住職冷山和尚の得度をうけ弟子となった。十四歳で、諸国の名僧との出会いを求める旅に出る。旅では、房総沖で遭難、死の恐怖を経験した。その時の恐怖心に己の実態を悟る。こうした修行を経て、根本寺住職（最高位）になったのは三十三歳の時。八歳の子供を得度した冷山和尚は高齢に達し、余命を悟り、信頼するに足る僧に成長した佛頂を首座に据え、住職に据えた。佛頂は就任早々に、訴訟に着手した事になる。芭蕉が江戸下向したのが三十一歳、同じ時期であった。訴訟完結までの八年間の中間点で、芭蕉との運命的な出会いを持った事になる。勝訴という結果を得て、周囲の留任の懇願を振り切って、佛頂は四十四歳で根本寺の住職の座を後進に譲り、一介の修行僧として、布教と荒廃した寺の再興の旅に出る。

芭蕉が佛頂と出会ったのは、深川へ隠遁一年間の、苦悩の果てであった。天和元年春早々といわれている。初回より、両者はお互いを深く理解し合った。毎日、朝晩、取りつかれたように、芭蕉は佛頂の臨川庵に通ったと言われている。しかし、この年の暮、後年、振袖火事と呼ばれる大火があり、江戸を焼き尽くした。芭蕉庵も焼け、甲斐の国谷村藩家老高山氏の下へ避難。翌天和二年、第二次芭蕉庵が、弟子達の計らいで完成し入居。芭蕉はひたむきに佛頂の説く禅の教義に没入した。色即是空の教義に。本気で僧になるところまで。佛頂もその気であった。芭蕉の死後、佛頂は、臨川庵を臨川寺として建立したが、開山は佛頂とし、開基を松尾芭蕉として、現在に至っている。

宗派　臨済宗　妙心寺派

山号　瑞甕山
寺号　臨川寺
創建　正徳三年（一七一三）　芭蕉死後十九年
開山　佛頂阿南禅師
開基　松尾芭蕉
　所在地　江東区清澄三－一－六　現存

究極的には、芭蕉は俳諧の道を選んだ。貞享元年、四十一歳の八月、一切放下の境地に立って〝野ざらし紀行〟の旅に出る。この旅で、俳諧の道を歩くことに生涯をかける決心を固めた。こうした心の流れについて、いま一度佛頂に会って話をしたいというのが〝鹿島紀行〟の隠された動機であろう。

芭蕉は、禅でいう、「本来無一物」の定理を会得した。人は貴人であれ貧人であれ、無一物で生まれる。息が止まる死の瞬間に、目に見えない魂だけが昇天し、残される骸は、黄金で飾られていようとも、ただの物となる。朽ちてしまう。しかし、生きていた間におこなってきた事は、消えない。形を変えてでも後世に伝わる。色即是空・

空即是色である。人間本来無一物ではあるけれども、本来無尽蔵でもある。

芭蕉四十一歳　佛頂四十三歳、訴訟を終えた佛頂は、後進の頑極和尚に根本寺住職をゆずり修行僧にもどる。芭蕉は一切放下の心境を得て、その境地で俳諧のみちを究める決心をする。〝野ざらし紀行〟を手始めに、旅から旅へと、蕉風俳諧への道筋を辿ることになる。侍への道も、僧への道も捨て、蕉風俳諧一筋の道を。

後年、猿蓑集巻之六　幻住庵記　に、「かくいえばとて、ひたぶるに閑雅を好み、山野に跡をかくさむとにはあらず…やや病身人に倦て、世をいとひし人に似たり…ある時は仕官懸命の地をうらやみ、一たびは仏籬祖室の扉に入らむとせしも、たどりなき風雲に身をせめ、花鳥に情を労して、暫く生涯のはかり事とさえなれば終に無能無才にして此一筋につながる…」とあるように。

芭蕉が提唱する〝わび・さび〟は、日本古典芸能に共通する基本的価値観である。日常の中にあって、日常を超える精神性、言葉や所作そのものではなく、それらを媒体とした、幽玄の世界、媒体が醸し出す、より味わい深い世界の表現の創造である。言いかえれば、日常のささやかな幸福感のようなもの、日常生活のなかにある平凡であるが至福の世界、演出する人と見る人が、喜びを共有できる世界、感心されるのを期待するのではなく感動を共有する世界。芭蕉は、日本および中国の古典文芸を学ぶうちに、あらゆる文芸に共通する価値観〝わび・さび〟に心を惹かれていた。華道・茶道・絵画・和歌・書道・能、すべてに共通する基本的価値観（価値を決める基準）である。芭蕉は俳句もまた、その理念に適合すると認められる水準にまで、高めることを決意したと推察する。また、和歌の西行、連歌の宗祇の生き様にも憧れた。いずれも法体で、行脚のなかに、生きる意味と、詩というものの本質を見出すという生き方に。そのためには、己も全てを放下して、修行僧とおなじ境地に身を置く以外に道は無いと悟った。修行僧であれ俳諧師であれ、異なるものは何もない。芭蕉の心身から、地位・貴賤の垣根は消え、風羅坊の境地になり得た。芭蕉の深川隠遁について、様ざまな説があるが、この深川への隠遁の決断がなければ、僧佛頂との出会いもなく、後世俳聖とよばれる生き様も無かったかもしれない。芭蕉の生涯最大の転換点であった。以降の芭蕉は、吹っ切れたように全てを放下し、ひたすら俳諧の真髄を求めて、旅から旅の生涯を送ることになる。

野ざらし紀行

芭蕉四十一歳。八月、大和へ帰る門人千里を同行。東海道を西行し十年振りに、伊賀上野で母の墓参り。吉野　京都、近江と歌枕の地を巡り、先人の境地を辿る最初の旅となった。生涯続く旅の始まりである。冒頭に

「千里に旅立て、路粮をつつまず、三更月下無何に入と云けむ、むかしのひとの杖にすがりて…」とあり

野ざらしを心に風のしむ身かな

後年、其角の言葉である「行脚餓死は師の本気」の始まりである。帰郷を果たした千里の実家に寄り、二人で、敬愛する西行の遺跡、吉野山を訪問している。吉野山頂奥千本の、やや崖下に隠れるように、六畳一間の庵（幾代目かの）が今も現存する。よく探さないと分からない位置で。西行が三年間住みつき、風雅を極めた跡である。

帰路は、大和から近江・美濃そして関ヶ原の古戦場に立つ。

秋風や藪も畠も不破の関

大垣では、江戸で入門していた木因宅に泊り、大垣藩士の近藤徐行・宮崎荊行が入門した。そのもてなしに、

明けぼのやしら魚しろきこと一寸

名古屋では医者の荷兮宅に泊り、二か月滞在、荷兮の連中と俳席を持った。野水、杜国、重五、みな商家の若旦那衆であった。特に杜国に心をひかれた。この二か月の俳席は、後日、芭蕉七部集の第一「冬の日」に収録され、出版され、蕉風確立の第一歩となる。この年は伊賀で越年。

翌年四十二歳　奈良二月堂のお水取りへ。

水とりや氷の僧の沓の音

奈良から近江へ。ここで、千那・尚白という既にベテラン級の実績のある俳人を弟子に迎えた。三月下旬、土芳に逢う。土芳は二十年前、まだ幼い少年の頃、この子の父の頼みで、俳句の手解きをした縁であり、後年蕉門十傑として、師の死後、「三冊子」として芭蕉の俳論を忠実にまとめ、後世の芭蕉研究の貴重な資料を残している。その出会いの句

命二ツの中に生たる桜哉

四月末、木曾路を経て江戸へ帰着。この旅は、蕉門立ち上げの礎となる、収穫の多い旅となった。芭蕉自身の句も感じたままを句に表現する自然詠で、技巧にみちた談林派全盛期のこの時代にあっては新鮮に映った事であろう。

翌貞享四年　四十三歳、正月

古池や蛙飛込む水のをと

其角の言として、「蛙とびこむ水の音」は、最初は、無我の境地の表現として、佛頂和尚に詞法したもの（禅問答の答）と伝えられ、また、この答で、僧になる資格を得た（僧にはならなかったが）ともいわれている。後に〝古池や〟の上五をつけて、有名な句になったのは、周知のこと。私は田舎育ちで、蛙の水に飛びこむのを幾度も目撃しているが、驚かせない限り、水音は立てない。有るとおもえばある、無いと見れば無い。上五〝古池〟は、後から付けたと云われており、写生の句ではない。後年の「猿蓑」にも収録されていない。それは別として、蛙を主題の句作は蕉門下で盛り上がり、「蛙合」となり出版された。

去来、芭蕉庵来訪。入門。この年正月、芭蕉とかねてから文通のあった去来が、其角と嵐雪に案内されて芭蕉庵を訪れた。芭蕉より七歳若い。実家は宮廷に出入りを許される程の医師。普段は実家の手伝いをしている。後年、蕉門旗揚げの旗印となった「猿蓑」を、丈草や凡兆と共に編集・出版した。芭蕉の生前は比類のない誠実さで、物心両面で芭蕉を支え、芭蕉の死後も、特に関西方面の指導的役割を果たした。死の床の芭蕉より「おくのほそ道」を預かり、後世に遺した。また師の遺訓を「去来抄」として、世に伝えた。去来入門の段階で、後年蕉門五哲と呼ばれるうちの〝三哲〟が揃ったことになる。

鹿島紀行の旅（十一日間）

四十四歳（貞享四年）八月、「野ざらし紀行」を終えて二年目の秋、佛頂が鹿島神宮との土地をめぐる争いを終え、和尚の座も後進に譲り一介の修行僧としてとどまっている根本寺を訪ねた。供は行脚僧姿の宗波で、本所定林院（のちの芭蕉山桃青寺）の住職、いま一人は曽良である。曽良は、この二年後の、「おくのほそ道」の旅の同伴者として有名になるが、江戸大火（振袖火事）後の、第二次深川芭蕉庵で芭蕉に会い意気投合して、近くに住み、朝夕芭蕉の身辺の世話を焼いていた人である。江戸で吉川惟足に神道・和歌を学び、世に名を知られていた。曽良は、同伴することで、西行の歌枕鹿島神宮参詣も期待していたのではないか。芭蕉のこの度の根本寺訪問は、佛頂和尚との名月鑑賞の外に、大きな目的があった。佛頂和尚に対する、お礼とも、お詫びとも言える挨拶である。「猿蓑」巻之六、「幻住庵記」にある、「一たびは仏籬祖室の扉《とぼそ》に入らむとせしも、たどりなき風雲に身をせめ、花鳥に情を労して、暫く生涯のはかり事とさへなれば、終に無能無才にして此一筋につながる」にあるように、深川臨川庵での、禅についての厳しい研修により、僧になるところまで考えた。佛頂和尚も期待していた節がある。芭蕉は、おそらく、半ば迷いのなかで、（野ざらし紀行の）旅に出たと想像されるが、旅の結果は佛頂和尚との禅の修行で得た人間本来無一物の境地で俳諧の道を全うする点で、心が定まった。佛頂は、鹿島神宮との争いも終わり、その後始末や、後継者に和尚の座を譲ることなど、多忙の日々であったと思われる。詳細は不明だが、なんらかの形で了解のやり取りはあったものの、「仏籬祖室の扉に入つたと同じ気持ちで風雅の道を全うする」決断について、佛頂に伝えたかった、その確認の出会いでもあったと推測する。勿論、風雅の道に進みたい意向は、伝えてあった上でのことであるが。

「昼より雨しきりに降りて、月見るべくもあらず。このふもとに、根本寺の前の和尚、今は世を遁れてこの所におはしけるといふを聞きて、尋ね入りて臥しぬ。」庵は（杜甫が）「人に深い反省の思いを抱かせる」と詩に詠んだような雰囲気で、清浄な心を得る心地であった。明け方雨が上がり、「和尚起こし驚かし侍れば、人々起き出でぬ。月の光・雨の音、ただあはれなるけしきのみ胸にみちて、言うべき言葉もなし。」

根本寺に古い軸がある。芭蕉直筆とも言われている。

八月十五日夜

寺に寝て寔（まこと）顔なる月見哉　　芭蕉

いさゝらば光競へん秋の夜の
月も心の空にこそすめ　　禅師

月早し梢は雨を持ちながら　　芭蕉

〝いささらば〟この突き放すようなフレーズには、禅師の芭蕉への、励ましのことば、師の弟子にたいする〝喝〟であると同時に、一介の修行僧となった自分も、己の道を究める点では、おなじ競争者であるよ、修行の根本は心を磨くことあるのみ。という言葉ではないか。おそらくこの言葉は、芭蕉が佛頂から頂いた師の本音の句であろう。

笈の小文の旅

貞享四年、鹿島紀行の旅を終えたすぐの十月二十五日、「笈の小文」の旅に出発。関西方面へ。前回の「野ざらし紀行」とは、様変わり、奥州露沾公（大名家）の餞別句会、江戸蕉門の句会等、「この三月の糧を集むるに力を入ず」という流れとなった。

旅人と我名よばれん初しぐれ

「笈の小文」の冒頭に「百骸九竅《ひゃくがいきゅうきょう》の中に物有（自分自身の風体）。かりに名付て風羅坊といふ。誠に薄物の風に破れやすからむことをいふにやあらむ。かれ狂句を好くこと久し。終に生涯のはかりごととなす」「西行の和歌における、宗祇の連歌における、雪舟の絵における、利休が茶における、その貫道する物は一なり。しかも風雅におけるもの、造化（自然）にしたがひて四時（四季）を友とす」とある。これが風流の世界に生きるという事。今まで、いろいろ試行錯誤の人生であったが、これからはその道を歩むという決意の旅である。

十一月四日、鳴海に泊まる。地元の人々と、七日まで歌仙を巻く。越人（染物業）入門。芭蕉はこの人の「二日働き、二日遊ぶ」人柄をよろこぶ。ここで、前回野ざらし紀行で知り合った杜国が、米の空売りで咎めを受け、渥美半島稲村に蟄居中と聞き、二十五里を、馬で二日かけて急行、伊良湖に。道中吟

冬の日や馬上に氷る影法師

伊良湖岬にて

鷹一つ見つけてうれし伊良子埼

帰路は名古屋・熱田の連中と歌仙。その年の暮れ伊賀上野に着いて越年。

旧里や臍の緒に泣としの暮

翌、元禄元年芭蕉四十五歳の二月、父の三十三回忌に参列。更に、故（旧主）藤堂禅吟の子良長に、藩邸内の花見の宴に招待された。

さまざまの事おもひ出す桜かな

万菊丸と名を変えた杜国を呼び出し、伊勢・吉野・高野山・紀三井寺、最終明石まで、この間三十四日間。「道のほど百三十里此の内船十三里徒行路七十七里、雨にあふ事十四日」の強行軍の旅をした。

一つぬひで後ろに負ひぬ衣がへ

「笈の小文」の往路は、日常の束縛を逃れ、解脱した心境の自由を楽しむ。旅の苦労にも西行を偲ぶ。道中、風流の人に会えば「泥中に金をえたる心地して」と歓ぶ。「栖を去りて器物の願ひなし。空手なれば途中の愁ひもなし。寛歩駕に換へ、晩食肉よりも甘し。とまるべき道に限りなく、立つべき朝に時なし。ただ一日の願ひ二つのみ。今宵良き宿借らん。草鞋のわが足によろしきを求めんとばかりは、いささかの思ひなり。」

これが風流の極みの表現であろうが、万菊丸の鼾に悩ませられつつ、限りない満足感に浸っている芭蕉が見えなくもない。

笈の小文最終章は、平家追悼で終わる。
「かかるところの秋なりけりとかや、この浦の実は秋をむねとするなるべし。悲しさ、寂しさ、言はむかたなく、秋なりせば、いささか心のはしをも言い出づべきものを思ふぞ。」

須磨寺やふかぬ笛きく木下やみ

平家の公達で笛の名手平敦盛の、聴こえるはずもない音色がきこえてくる。

蛸壺やはかなき夢を夏の月

下五を（秋の月）に代えてみる。句の形相が一変する。芭蕉は、そういう風景に出会いたかった。帰途、京都で杜国と別れ、五月初めから一か月余、大津に滞在する。

五月雨にかくれぬものや瀬田のはし

六月六日瀬田を出て、岐阜、名古屋と歌仙を巻きながら江戸へ帰庵の旅。長良川の鵜狩を見て

おもしろうてやがてかなしき鵜舟かな

「笈の小文」は、元禄三年頃、京・近江に滞在していた時に執筆された。帰路の章はない。近江の弟子の乙訓に渡され、芭蕉没後十五年に、世に出て、往路のみで終わる。万菊丸と名を変えて旅の同伴をした杜国は、元禄三年二月二十五日に急死した。知らせを受け、芭蕉は慟哭したと伝えられている。この時、「笈の小文」の往路を書き終え、後半に移ろうとした時であったか。

更科紀行

「笈の小文」の帰路、八月十一日、名古屋を出発、美濃、木曾路を経て八月下旬帰庵までの旅を「更科紀行」という。「更科の里」今の長野県更埴市。謡曲「姥捨」などの伝説の地の月を見たいという昂りが、秋風が吹きすさぶように心をさわがせ、急き立てられる思いで、越人と、荷兮が付けてくれた奴僕と旅立ちしたものの、ふたりとも、万事しどろもどろで、それも旅の面白さとなった。旅中知り合った坊さんが、こちらは作句に苦しむ様を勘違いして、気晴らしにと、自分の旅の中で経験した阿弥陀さまの御利益の話などをしてくれるが、詩情発想の妨げになって邪魔。折しも、壁の割れ目から差し込む月の光に風雅の情たかぶり、「いでや月の主に酒振る舞はん」と、都の人では手も触れない無粋な蒔絵が書かれた大杯での酒宴となった。

あの中に蒔絵書きたし宿の月
吹きとばす石はあさまの野分哉

四十一歳「野ざらし紀行」より、四十五歳「更科紀行」まで五年間、旅から旅をかさねた芭蕉は、四十六歳の春、念願の「おくのほそ道」の旅に出る。

「おくのほそ道」の旅

「おくのほそ道」は、芭蕉四十六歳の、元禄二年三月二十七日より、同年九月六日までの半年間、日本史・和歌に造詣の深い曽良を供に、憧れの西行法師没後五百周年、その足跡を追い、また古来多くの歌枕の舞台に立ってみたいという念願の、長途の旅である。この旅のどこかで、生き倒れになるかもしれないし、それも本望と思っていた。しかし、長旅とはいえ半年で終わる旅、棲み家を人にゆずってしまう事は尋常ではない。旅の資金が理由でもない。この時点で、芭蕉は、自分の生涯を漂泊の旅の中で終わりたいと心に決めた。棲み家を売ることは、退路を断つ思いの意思表示であったと推測する。

序章

草の戸も住替る代ぞひなの家

中七「住み替る代ぞ」の強さに、芭蕉は自らの退路を断ったようにみえる。人は、名声が高まるにつれ、堕落の匂いが強くなる。それを断ち切るように。

「おくのほそ道」を一言で言えば、「芭蕉の苦悩と脱皮」の紀行詩文である。

前半は従来の発想から脱し切れない　苦しみ。後半、突如開けた〃かるみ〃の展望である。この旅こそ、芭蕉自身が、自ら開いた蕉風俳諧の出発点と言える。

旅立

深川芭蕉庵の土堤から船で千住へ。東北・北陸を廻る六か月に亘る大旅行。再び生きて帰れる保証は無い。

行く春や鳥啼き魚の眼は泪

下五の「眼は泪」に万感の想いが籠る。

草加

…痩骨の肩にかかれる物先くるしむ。只身すがらにと、出立侍るを、帋子一衣は夜の防ぎ、ゆかた・雨具・墨・筆のたぐひ、あるはさりがたき餞などしたるは、さすがに打捨がたくて、路次の煩となれるこそわりなけれ。

芭蕉の本心は、密かに、身一つで、乞食のように、旅に出たかった。

室の八島・日光・那須野・黒羽と旅を重ね、佛頂和尚修行の山居跡に到る。先年、身に染みる想いで聞いた厳しい修行の有様を思い浮かべつつ、

啄木鳥も庵はやぶらず夏木立

殺生石・遊行柳を経て、白河の関に到る。芭蕉の苦悩を想像させる最初の章は「白河の関」

心許なき日かず重るままに、白河の関にかゝりて旅心定まりぬ。「いかで都へ」と便求しも断也。中にも此関は三関の一にして、風騒の人心をとどむ。秋風を耳に残し、紅葉を俤にして、青葉の梢猶あはれ也。卯の花の白妙に、茨の花の咲きそひて、雪にもこゆる心地ぞする。古人冠を正し衣装を改めし事など、清輔の筆にもとどめ置れしとぞ。

卯の花をかざしに関の晴れ着かな　　曽良

平兼盛……便りあらばいかで都へ告げやらむけふ白河の関はこへぬと
能因………都をば霞と共にたちしかど秋風ぞ吹く白河の関

源頼政……都にはまだ青葉にて見しかども紅葉散りしく白河の関

曽良の句には

藤原季通…みて過ぐる人しなければ卯の花の咲ける垣根や白河の関

名文である。これらが全て取り込まれている。古人にとっては、白河の関は、よくぞ来たものという感慨の地。芭蕉の旅心が定まった事は実感と思うが、芭蕉の句はない。文面から、芭蕉の生の感慨が伝わって来ない。

曽良の句で救われている。

須賀川・あさか山・しのぶの里・佐藤庄司が旧蹟・飯塚・笠島・武隈の松・宮城野・壺の碑・末の松山・塩釜を経て松島に着。

「抑ことふりたれど、松島は扶桑第一の好風にして」から始まる詩文は、風景の描写、湾を取り巻く風物の佇まい、終には「江上に帰りて宿を求むれば、窓を開き二階を作りて風雲の中に旅寝するこそ、あやしきまでに妙なる心地はせらるれ」とあり、旅立ちの時に貰った友人の和歌や発句を「袋を解きて、こよひの友とす」。当然、自

身の発句に、全知全能を傾けて苦吟したであろうに、芭蕉の句は残されていない。石巻　平泉へ続く。平泉では

夏草や兵どもが夢の跡
五月雨の降のこしてや光堂

の名句が生まれた。旅の前半を終わって、この二句を入れて、芭蕉自身の句は十六句。どこか重苦しい前半ではある。

「おくのほそ道」のなかで、突然、大爆発が起こるのは「尿前の関」以降。

蚤虱馬の尿する枕もと

尿前の関で関所通過に散々な思いをして、一応の大きさの家に泊めてもらったけれども、田舎家で、一つの建屋に馬小屋も内蔵している。生憎悪天候が三日も続き、長

滞在する事になる。いささか閉口気味の宿で生まれたこの句、よく味わうと、悪意はない。まことにリアルで滑稽味すらある。そんな不運を面白がっているとみた。この句ポロっと出て来たとみたい。そして、思わず芭蕉は「これだ」と手をうった。これだ。身の回りの事柄を率直に、ありのままに、普段の言葉で俳句にすれば良い。後年提唱の〝かるみ〟と〝あたらしみ〟の発想である。このながれは尾花沢へと続く。

尾花沢

尾花沢にて清風と云者を尋ぬ。かれは富るものなれども志いやしからず。都にも折々かよひて、さすがに旅の情をも知りたれば、日比とどめて、長途のいたはり、さまざまにもてなし侍る。

涼しさをわが宿にしてねまる也
這出よかひやが下のひきの声

まゆはきを俤にして紅粉の花

蚕飼する人は古代のすがた哉　　曽良

短い文章に受けたもてなしの中身、もてなされた時のほのぼの感が偲ばれ、句にもリアルに描かれている。曽良の句の硬さにくらべ、芭蕉が今手にした作句の、優しさ日常感、その瞬間の歓びの表現、これが、芭蕉が生涯かけて訴える「かるみ」である。この句から、最終大垣での

蛤のふたみに別れ行く秋ぞ

までに、この後半で、四十二句を生むことになる。

立石寺

山形領に立石寺といふ山寺あり。慈覚大師の開基にして、殊に清閑の地なり。一見すべきよし、人々の勧むるによりて、尾花沢よりとって返し、その間七里ばかりなり。日いまだ暮れず、麓の坊に宿借り置きて、山上の堂に登る。岩に巌を重ねて山とし、松柏年旧り、土石老いて苔滑らかに、岩上の院々扉を閉ぢて、物の音聞こえず。岸を巡り、岩を這ひて、仏閣を拝し、佳景寂寞として心澄みゆくのみおぼゆ。

閑かさや岩にしみ入る蝉の声

この句、最初は

山寺や岩にしみつく蝉の声

であった。（なんと平凡な句）。推敲に推敲をかさねて、四年後の、「おくのほそ道」清書時に（四年かけて）名句になった。旅が終わった翌年に作られた「猿蓑」には掲載されていない。

最上川では舟の涼しさを詠み、羽黒山・月山・湯殿山の、出羽三山では憧れの修験者の足跡を追って月山の頂きまで登り、下界に拡がる雲の風景を

雲の峯いくつ崩れて月の山

出羽三山に八日滞在、鶴ケ丘・酒田へ向かう。

暑き日を海にいれたり最上川

酒田より象潟へ。そして越後路へ

越後路

文月や六日も常の夜には似ず
荒海や佐渡によこたふ天河

七月七日は七夕。六日はその前夜。「明日の夜の宇宙の大ロマンスを想像すると、その前夜から心が昂って平静ではいられない」猿蓑には、文月の句は掲載されているが、荒海は無い。

一振

一家に遊女も寝たり萩と月

親しらず・子しらずの難所をやっと越えて取った宿に、越後の遊女も同宿した。伊勢参りをしたいのだが、女二人の旅は心細いので、「見えがくれにも御跡したい侍らん。衣の上の御情けに大慈のめぐみをたれて結縁させ給へ」と、涙を落とす場面が展開する。この話、曽良の旅日記には記されていない。遊女らしい二人が同宿した事は事実かもしれないが、そこから芭蕉が紡ぎ出したフィクションであったとしても、この旅物語の華やぐ一場面で楽しい。

那古の海

金沢

金沢へは、旧暦七月十五日着。かねてより俳諧を通じて親交のあった一笑に連絡したが、去年の冬死亡していた。

塚も動け我泣声は秋の風

秋涼し手毎にむけや瓜茄子

途中吟

あかあかと日は難面（つれなく）もあきの風

金沢には八日間滞在したが、かねてから俳諧の盛んな土地で、熱心な若い俳人が多くいた。近江の乙訓も、商用で当地に来ていたところで初対面。後日蕉門の有力後援者となる。北枝という若い人がいて、芭蕉に傾倒、この後の旅についてくる。北枝は後年、蕉門十哲に数えられ、蕉風俳諧の推進役として活躍する。

小松

小松の太田神社で斎藤実盛の甲・錦の切も見る。木曾義仲贔屓の芭蕉にとっては万感の想いであった。

むざんやな甲の下のきりぎりす

那谷

山中温泉で曽良は腹痛のため、一足先に出発。別れを惜しみ

今日よりや書付消さん笠の露

全昌寺　汐越の松

この寺に一足先に宿泊した曽良が、後に残した芭蕉を案じて、句を残していた。

終宵（夜もすがら）秋風聞くやうらの山

天龍寺・永平寺

ここまで、北枝は熱心に、芭蕉について回り、道々作句の指導を仰いでいた。北枝は旅の最後まで、芭蕉について行くつもりであった。しかし、芭蕉はここで強いて北枝を帰してしまう。別れの名残りに扇を引き裂いて与えた。

物書きて扇引さく余波（なごり）かな

芭蕉は、兼ねてから、是非逢ってみたい人がいた。しかも、独りでこころゆくまで。等栽である。

等栽

…爰に等栽と云古き隠士有。いずれの年にか、江戸に来り予を尋。遥十とせ余り也。いかに老さらばひて有にや。将死けるやと人に、尋侍れば、いまだ存命して、そこそこと教ゆ。市中ひそかに引入りて、あやしの小家に、夕貌・へちまのはえかかりて鶏頭・はは木ぎに戸ぼそをかくす。さては、此うちにこそと門を扣けば、侘しげなる女の出て、「いづくよりわたり給ふ道心の御坊にや。あるじは此あたり何がしと云ものの方にゆきぬ。もし用あらば尋給へ」といふ。かれが妻たるべしとしらる。むかし物がたりにこそ、かかる風情は侍れと、やがて尋あひて、その家に二夜とまりて、名月はつるがのみなとにとたび立。等栽も共に送らむと、裾おかしうからげて、路の枝折とうかれ立つ。

客用の枕のなくて、木の根を拾ってきて枕にしたと、ものの本にある。しかも、二夜とまる。一句も無し。そして此の浮かれ様。この旅の中で、一番芭蕉が満足した場面ではなかろうか。自分を風羅坊と定義づけていた芭蕉の望んでいた生涯の形であったのかも。

敦賀

種の浜

…浜はわづかなる海士の小家にて、侘しき法花寺あり。爰に茶を飲、酒をあたためて、夕ぐれのさびしさ、感に堪り。

寂しさや須磨にかちたる浜の秋
浪の間や小貝にまじる萩の塵

大垣

路通も此みなとまで出むかひて、みのの国へと伴ふ。駒にたすけられて大垣の庄に入れば、曽良も伊勢より来たり合、越人も馬をとばせて、如行が家に入集る。前川子、荊口父子、其外したしき人々日夜とぶらひて、蘇生のものにあふがごとく、且悦び、且いたはる。旅の物うさもいまだやまざるに、長月六日になれば、伊勢の遷宮おがまんと、又舟にのりて、

蛤のふたみにわかれ行く秋ぞ

大垣藩士の戸田如水は、この時の芭蕉を「心底計り難けれど、浮世を安くみなし、諂（へつら）はず、奢らざる有様なり」と評している。

「おくのほそ道」については、曽良の「旅日記」のように、関所・ことば・習慣・旅先で出会う人々の態度、これらを取り入れて、普通の紀行文にすれば、五倍長編の面白い旅物語になったかもしれない。しかし芭蕉は、書かないで済むものは全て省略し、推敲に推敲をかさね、全文を詩にしてしまった。文章の隅々まで研ぎ澄まされ詩

になっている。大吟醸酒が、米を二割になるまで、研ぎ削いで醸造するように。「おくのほそ道」が完成したのは、元禄七年一月、弟子で能筆家の柏木素龍によって清書された。その五年間、芭蕉は推敲に推敲をかさねていた。

猿蓑　京都、湖南時代

「おくのほそ道」の旅を終えて、芭蕉は、江戸へは帰らず、そのまま、伊勢神宮を参拝し、生家のある伊賀上野に立ち寄り、その年の内に、故郷を離れ、去来の落柿舎、歳末は、膳所の幻住庵に移った。この時、故郷の上野の山中で、寒さにふるえる野猿をみて生まれたのが、この句である。

初しぐれ猿も小蓑をほしげ也

そのまま、元禄四年九月まで二年間、京・近江を転々としながら、去来・丈草・凡兆等と風雅を楽しみつつ、一年半かけて、新しい時代の旗揚げとして、全国より作品を募集し、入句人数一一八人　四二二句の「猿蓑」を出版した。蕉風俳諧の門出である。この頃から、「おくのほそ道」の後半で意識したものを〝かるみ〟という言葉で表現し、生涯後半のテーマとした。日本古来の、〝わび〟に立ちながら、日常身辺で心に浮かぶものを、やさしい言葉遣いで、表現しようという発想である。この方向で作句出来たのは、新弟子にもかかわらず、天才的な急成長を見せた凡兆である。猿蓑巻一～巻四では、芭蕉四十句の入集に対し、四十一句入集させている。しかも、その内容は、今吾々の時代にも通用する出来映えである。

芭蕉にとっては、この湖南時代が、風流に明け暮れた、生涯最も充実した、幸せな時代ではなかったか。また、後に蕉風を継承する去来・凡兆・丈草といった人材とともに、芭蕉の目指す俳諧のあり方について、研鑽工夫を重ねた。また支考など、〝かるみ〟という発想の洗礼を、最初から受けて育つ弟子も出て来た。別の言い方をすれば、よく学び、よく遊んだ時代である。智月尼という熱心な後援者も得た。

この時代の芭蕉の句のうちから。

あられせば網代の氷魚を煮て出さん
木のもとに汁も膾も桜かな
四方より花吹入れよにほの波
行春を近江の人とおしみける
曙はまだむらさきにほととぎす
ほたる見や船頭酔ておぼつかな
頓て死ぬけしきは見えず蝉の声
白髪ぬく枕の下やきりぎりす
鎖（じょう）あけて月差し入れよ浮み堂
病雁の夜さむに落て旅ね哉
人に家をかはせて我は年忘
から鮭も空也の痩も寒の内
うき我をさびしがらせよかんこどり

（石山寺紫式部）

しかし、良いことばかりではない。

物いへば唇寒し秋の風

江戸新芭蕉庵

元禄四年十一月、四十八歳、江戸帰着。橘町という所で越年。翌年の正月を迎え、自分にもある名声への欲も捨て去り一切放下すべく、雲水になり托鉢生活をしている（栖去の弁）。

元禄五年五月、第三次芭蕉庵が、弟子の後援で新築され入居。

しかし江戸では、芭蕉の湖南滞在二年のあいだに、蕉風志向の気風が、すっかり荒れてしまっていた。特に、一番弟子の其角が、芭蕉の提唱する〝かるみ〟について取り組む素振りの無いことが、一番の悩みであった。

芭蕉は、新しい俳句の筋道として〝かるみ〟という概念を全面に打ち出している。

日常の身近なものに素材を求め、子供にも理解できる程の平易な表現のなかに、高雅な情を詠み込むことを目指すものである。しかし、五月七日去来宛ての手紙に「中々新しみなど、かろみの詮議おもいもよらず」とある。

関ヶ原後九十二年、徳川幕府の平和のもと世に言う元禄繚乱の時代、武家から町人まで、カルチャーブーム最盛期であった。毎日のように続く俳席は、本来芭蕉が目指す俳諧の真髄とは逆の方向の、点取りゲームに流れて行く。元禄六年、五十歳、彦根藩士森川許六が入門。その時の許六の句

十団子も小粒になりぬ秋の風

「予が腸を探り得たる…」と絶賛。許六は文武六芸の免許取得者。芭蕉は許六を〝絵の師〟と公言していた。許六が彦根へ帰るにあたりあたえた手紙に、「予が風雅は、夏炉冬扇のごとし。衆に逆らひて用ゐるところなし。…古人の跡を求めず、古人の求めしところを求めよと、南山大師の筆の道にも見えたり。風雅もまたこれに同じと云

ひて、燈をかかげて、柴門の外に送りて別るるのみ」とある。

この頃になって、一度は離脱したはずの、浮世のしがらみが、纏いつくことになる。猶子の桃印の最期を看取り、かつて内縁関係も想像できる寿貞尼の介護と、情の深い芭蕉にとって、手の抜けない毎日が続く。元禄六年盆の時期に、芭蕉は健康上の理由を上げ、一時芭蕉庵の門を閉じた。「閉関の辞」に「色は君子の悪む所にして佛も五戒のはじめに置けりといへども、さすがに捨てがたき情け…人くれば無用の弁…」中身については明らかではない。

芭蕉にとっては、内外共に焦躁と苦悩に満ちたこの時期、後世に判明するが、芭蕉提唱の〝かるみ〟の種が蒔かれ、後世おおいなる稔りをもたらす苗床となっていた。「猿蓑」出版時前後に門下生となり、日夜強烈な〝かるみ〟について薫陶をうけた、まだ名もなかった新人達、支考・野坡・惟然である。彼等は芭蕉の死後数年経って、四国・中国・九州・北陸と行脚し、〝かるみ〟を基調とした俳諧普及に献身した。支考の金沢での、女流俳人加賀千代を育てた功績も大きい。

朝顔につるべ取られてもらひ水　　千代

芭蕉終焉の旅

元禄七年五月十一日（芭蕉五十一歳）年初に弟子で能筆家の柏木素龍に清書させた「おくのほそ道」を懐に入れ、寿貞の長男次郎兵衛を供に、再び上方への旅に発つ。この時既に、芭蕉は体調不十分であった。前途に不安感が強かったように感じる。別れに、次の句を残している。

麦の穂を便りにつかむ別かな

麦の穂のようなか細いものを、杖と頼むに似た、心細い気持ちです　と言う意味か。弟子達も、師の体調に不安感が強く、川崎まで見送りについてきた。曽良は小田原まで見送ってきた。その不安感は結果的には、的中する事となる。

この旅は、かねてより、弟子の酒堂から仲間の之道との紛糾の訴えがあり、その仲介が目標の一つであった。途次、名古屋では、離反の噂のあった荷兮・野水と会う。その足で、ふるさとへ寄ったのは、五月二十八日。暫く滞在。

旧暦五月二十二日、京の去来の落柿舎に着く。集まって来る連中と盛んに歌仙を巻く。落柿舎は前年改築され、日頃貧しい生活の弟子達は、家主の去来のもてなしにより、酒に歌仙に陶酔した。こうした間にも、芭蕉は、「炭俵」を出版、「続猿蓑」の最終的な編集を完了する。「続猿蓑」の編集は支考が担当し、「炭俵」は野坡が編集担当となった。〝かるみ〟で育った弟子達である。

寿貞尼の訃報がとどく。六月二日死亡。次郎兵衛は江戸へ帰す。

数ならぬ身となおもいそ玉祭り

七月十五日（お盆）実家へ帰る。墓参。

家はみな杖に白髪の墓参

芭蕉の在郷を歓迎し、連日歌仙が巻かれた。しかし、新しい提案の〝かるみ〟の理解を得ることは困難であった。去来宛て書簡で「いまだかるみに移りかね、しぶしぶ散々の句のみ出候」

九月八日大坂（大阪）へと出発。付き添いは支考・素牛、帰ってきた次郎兵衛。途中奈良に一泊。

ぴいと啼尻声かなし夜ルの声
菊の香や奈良には古き佛達
この道や行く人なしに秋の暮

九月九日大坂着。洒堂亭に一泊。一門と会う。十日夕方より、芭蕉に健康上の異変が発生した。風邪が酷くなり、二十日まで、寝たきりの状態となる。その枕頭、洒堂と之道との話し合いは、和解にする気配がない。二十三日土芳への手紙に「ここもとおっつけ立ち申すべく候。長居無益がましく存じ候て草々看板破り申すべく候。…とかく事やかましく存じ候て、もはや飽き果てそうろう」。解決のないまま、各派の行事が芭蕉を待っている。

九月二十六日　両派合同歌仙

此秋は何で年よる雲に鳥

九月二十七日　園女亭　歌仙

白菊の目に立ててみる塵もなし

九月二十八日　畦止亭《けいしてい》句会

月下に児を送る

月澄むや狐こはがる児の供

九月二十九日　芝柏亭《しはくてい》句会

秋深き隣はなにをする人ぞ

この日の夜から発熱、激しい下痢が始まり、病床の人となった。

十月五日、芭蕉は南御堂の花屋仁左衛門別座敷へ移され、各地の弟子に、体調の急変が知らされた。

十月八日夜、芭蕉最後の一句を、呑舟に書き取らせる。

旅に病んで夢は枯野をかけめぐる

はじめ、下五に〝夢心〟と発想したが、それは未練と中七に据えたと伝えられている。

十月十日、弟子達が、今後の風雅の道はどうなるかと聞いたところ、「この道は我に出て百変百化す」と答えた。（三冊子）　芭蕉は〝あたらしみ〟も〝かるみ〟と同時に主題にしていたので、皆で、自分の道として、工夫・発展させよという意味と解釈する。同日、去来がひそかに呼ばれ、「おくのほそ道」を託された。もし生きかえれば、現本は返す約束で。

元禄七年十月十二日午後四時頃、芭蕉永眠。

肉体の旅路は終わったが、魂の永遠の旅は、この瞬間から始まった。辞世の句のように。遺体は　遺言により、湖北の義仲寺に埋葬された。

「旅に病んで」の句について。私は長い間、病床にある身の夢のなかで、なおも、必死に俳諧の道をさまよい歩くと解釈していた。しかし、芭蕉の生涯を何度も追跡してみて、これは芭蕉が、自分の生き様を語っている、広い意味で、生涯を肯定した句ではないかと思うようになった。旅の途上で病む身になり、もしかしたら、このまま死ぬかもしれないが、魂魄は永遠に、広大な枯野を、一風羅坊としてさまよい歩き続けることだろう。この道に悔いはない、と読みとれた。其角の「行脚餓死は師の本気」の言葉どおり。それ以上の解釈は、芭蕉の意にそむくと見ています。

蕪村は、芭蕉高弟の一人其角の、孫弟子にあたる。芭蕉をお手本として、生きてきたといわれている。最晩年の有名な一文。

「歳末の弁」

名利の街にはしり貪欲の海におぼれて、かぎりある身をくるしむ。わきてくれゆくとしの夜のありさまなどは、いふべくもあらずいとうたてきに、人の門たたきありきて、ことごとしくののしり、あしをそらにしての丶しりもてゆくなど、あさましきわざなれ。さりとて、おろかなる身は、いかにして塵区をのがれん。

「としくれぬ笠着てわらじはきながら」片隅によりて此の句を沈吟し侍れば、心もすみわたりて、かかる身にしあればいと尊く、我がための魔訶止観ともいふべし。芭蕉去りて芭蕉なし。とし又去るや、又くるや。

芭蕉去ってそののちいまだ年くれず　　蕪村

蕪村の辞世の句

しら梅に明くる夜ばかりとなりにけり

白梅に、今ちょうど朝の光が差し込んできた、なんと清すがしいことよ。(「蕪村文集」岩波文庫)

笠着てわらじはきながら　を、貫き通した芭蕉の人生、お見事と言うしか言葉が無い。

後記

松尾芭蕉の生涯を追いかけていて、その経歴に、特に四十歳以前のことで、不明な点が多い。個人的な事柄については、固く口を閉ざしていたとすら思える。私は、不正確を恐れながらも、前後の事実から類推して、自分で納得できるストーリーで繋いでみました。藤堂蝉吟との関係は、事実からそれほど離れてはいないと思っています。一番のクライマックスは、深川芭蕉庵へ転居して、「野ざらし紀行」の旅に出る五年間に、芭蕉の内面に何が起こったかという事です。和歌における西行、連歌における宗祇のように、俳句の世界を古典文芸共通の価値観〝わび・さび〟の世界まで昇華させることを目指しながら、現実には、日常の風景に沿った俳句作りをする。自らは、一風羅坊として生涯を貫く。「野ざらし紀行」から始まる、旅の風雨に身をさらし、その中で新しい俳句の世界を確かめ歩くときの、あの雲水に似たスタイルは、行雲流水に修行中という、自らに課した理念ではないかと思います。四十歳前後の芭蕉に一大決心をさせ、それ以降〝行脚餓死は本懐〟の境地にまで心を導いたものは何か。これは禅宗の基本理念に見られるとおもいますが、〝人間本来無一物〟の悟りかと思います。芭蕉は見事、俳句以外は一切放下をつらぬきます。食がなければ死んで結構。この気構えが人格的に多くの人に尊敬される要因の一つになっています。

芭蕉が俳聖と言われるようになったのは、没後百年（百回忌）頃からです。芭蕉の死後、談林派俳句は急速に衰え、ただ面白いことが好まれ、季語の縛りもなくなり、川柳風の流行になって行く。そんな流れの中で立ち上がったのが蕉風復古です。その旗振りが、芭蕉の弟子の更に弟子の、与謝蕪村であり、大島蓼太です。〝かるみ〟と〝あたらしみ〟の工夫が見事な人達です。しかしこの流れも、幕末から明治維新にかけての、動乱の世相に踏みにじられて行きます。正岡子規が拾い上げるまで。俳句が盛んであることは、世の中が平和である証です。

「猿蓑」を立ち上げた頃に入門し、編集に参加しながら天才的な成長をみせた凡兆がいます。現代の俳句界にも通用する〝かるみ〟〝あたらしみ〟の成果を見せながら、残念なことに、「猿蓑」発行後、仲間と諍い、舞台から消えてしまったのです。

句文集「猿蓑」は蕉門が旗揚げ提唱した、新しい俳句の提唱であると同時に、まだ勢力を失っていなかった旧俳諧連中との軋轢の始まりでもあった。「おくのほそ道」の旅で芭蕉が確信した新しい作句理念の提唱に、ついて来られない人も多数いた。反発する人も。

第二部より、蕉門十哲といわれる人達の猿蓑の句と、猿蓑以降に育ち〝かるみ〟路線展開に功績のあった人達について述べてみたい。

第二部

「猿蓑」を軸とした芭蕉門下の俳人

猿蓑　芭蕉　そして其角・嵐雪・去来・丈草・凡兆

芭蕉

元禄二年三月の末に江戸深川の芭蕉庵を人手に渡し、八月末までの五か月間、東北から北陸を巡る、風流の真髄を究めたいという一念の旅（日数百五十日・二千四百キロ）に、曽良を伴って、芭蕉は出発した。その旅を主題にした紀行文が「おくのほそ道」である。この当時、俳諧については、地方の武士・商人の間にも、かなりの人の嗜とされていた。武士は参勤交代で、商人は商取引で、江戸と交流の機会が多かったので。徳川幕府による長期平和の恩恵である。とは言え、都心より遠隔地のため、通る土地柄によっては、旅人には厳しい環境に変わりはなかった。行き先によっては、すぐ俳席になったり、知人の紹介などで俳席が持てる所もあり、全く手掛かりもなく、天候にも恵まれず、生死に関わる状況に置かれた事もあった。この旅を通じて関係を深めることが出来た知人達が、後世、蕉門俳諧理解の大きな力になったであろう事が想像出来る。この旅で、芭蕉自身の内部にも、かなりの収穫があったと見てとれる。その一つは、この旅を通じて確かになって来た俳諧理論〝かるみ〟〝あたらしみ〟に気付いたこと、これは「不易流行」と一体をなすものという理論である。〝かるみ〟は日常身辺の事こそ大切で、それを日常使っている言葉で、その事柄が内蔵する味わいの深みを表現しようということであり、不易流行とは、身辺移り変わるように見えるものは、実は永遠に変わらないものの一時的な姿であるという考え方である。いま一つは、芭蕉の内面的成長である。この旅の終着点大垣の如行邸で、大勢の弟子・知人に囲まれ祝福を受けるが、その中の一人に大垣藩士戸田如水がいて、その時の芭蕉の人物像について「心底計り難けれど、浮世を安くみなし、諂はず、奢らざる有様なり」と知人への手紙に書いている。おそらく、芭蕉が自らを、士農工商という身分の枠外に置いている心境かと想像され、当時の封建の社会では余程の事で、意識は僧に近いところに達していた。

旅の物うさもいまだやまざるに、長月六日になれば、伊勢の遷宮おがまんと、又舟

にのりて、

蛤のふたみに別れ行く秋ぞ

「おくのほそ道」の長旅の疲れも癒え切らない十日ほどの滞在で、大垣の人々と別れ、遷宮を終えた伊勢神宮を参拝、ここに弟子十人が追いかけてきて、また賑やかな騒ぎとなった。その足で、故郷伊賀上野へ向かうが、その山中詠んだ句

初しぐれ猿も小蓑をほしげ也

十二月二十日京都嵯峨野にある去来の「落柿舎」に入る。またその年の瀬に、有力な後援者となる大津の智月尼に会う。その場面、

少将のあまの咄や滋賀の雪　　芭蕉

あなたは真砂ここはこがらし　　　智月尼

智月尼は若い頃御所へつとめており、その経歴に敬意をこめた初対面の挨拶。智月尼は、大津の運送業者川井佐左衛門に嫁し、子がなく弟の乙州を養子としていた。芭蕉より十歳年長である。芭蕉と乙州は「おくのほそ道」の旅で、金沢で知り合った。以降、智月尼は、湖南時代の二年間はもとより、芭蕉門下一同が、終生支援される事となる。猿蓑が完成し終えたとき、その中の一文「幻住庵記」の原稿を、智月尼へ記念の贈り物としたことが、伝えられている。

芭蕉の歳末は膳所の草庵に。そこへ門人が次つぎに集まり賑わった。

あられせば網代の氷魚を煮て出さん

元禄三年から四年にかけて、おくのほそ道を終えた芭蕉が、琵琶湖南岸の無人になっていた幻住庵を足場にして過ごした二年間は、芭蕉の湖南時代と呼ばれ、最も充実した期間であった。この時期に「ひさご」「嵯峨日記」「野ざらし紀行」「笈の小文」など執筆するのだが、特筆すべきは「猿蓑」の出版である。「猿蓑」の編集と出版は、監修は松尾芭蕉、編集は弟子の去来と、去来が連れてきた金沢出身の医者という凡兆、凡兆が連れてきた丈草が担当した。去来は長崎出身、父は名医と評判の高い人。兄も宮中の儒医をつとめ裕福な一族であった。嵯峨野の竹藪に囲まれた住まいは落柿舎と呼ばれ、蕉門の集いの拠点となる。凡兆は天才的素質の人で、その理解度は「一日千年の敵なり（去来抄）」といわしめた。丈草は漢学を穂積武平、禅を玉堂和尚に学び、「猿蓑」の跋を格調高い漢詩で結んだ人である。

「猿蓑」とは、伊勢参拝を終え、故郷の上野松坂へ帰る山中で、寒さにふるえる猿の姿に芭蕉の詠んだ、

初しぐれ猿も小蓑をほしげ也　　芭蕉

を表題とし、また巻頭の句とした句集で、全国の俳人に呼び掛け、応募者数一一八

人、四二二句であり、猿蓑全体の入集句は凡兆四四句、芭蕉四二句、去来二七句、其角二五句、後年江戸蕉門の功績者として雪門を立ち上げた嵐雪は、この時は五句の入集であった。「…只俳諧に魂の入たらむにこそとて、我翁行脚のころ、伊賀越しける山中にて、猿に小蓑を着せて、俳諧の神入れたまひければ、たちまち断腸のおもひを叫びけむ。あたに懼るべき幻術なり。これを元として、此集をつくりたて、猿みのとは名付け申されける。…」。初しぐれを巻頭に据えるために、冬を一番として、

有明の面おこすやほととぎす　　其角

面おこす―旗揚げをするとの意味か、この句を二番に据えるために、夏を置き、次に秋を立てて

湖面水惜春

行春を近江の人とおしみける　　芭蕉

を巻末句とするために春が最終の季節となっている。

句集「猿蓑」は、全国規模で呼びかけたもので、短期間でよく集めたものだが、筆まめな芭蕉の日頃の呼び掛けと、門人達の協力の結果であろうか。俳句界に大きい反響を巻き起こしたものと推測できる。この編集を、去来の落柿舎や、凡兆宅を転々としながら、練り上げたと言われている。

猿蓑の構成は

猿蓑　巻之一　冬
　　　巻之二　夏
　　　巻之三　秋
　　　巻の四　春
　　　巻の五　連歌
　　　巻の六　幻住庵記　几右日記

とされているが、巻頭冬は「初しぐれ」を据えるため、続き夏としたのは、其角の「有明の面おこすやほととぎす」を入れる意図で、春を最後にしたのは、

行春を近江の人とおしみける

を結びとしたいとの意図からと推測する。芭蕉はこの句に強い愛着があったと、私は推測する。これほど単純で、これほど抒情性の深い句は無い。私はこの句に出会った時から、近江の人に、深く敬愛する人の気配を感じていた。

猿蓑編集に併せて芭蕉が力を注いだのが、「おくのほそ道」後半より意識している〝かるみ〟と〝あたらしみ〟を基本とした作句である。それを、恐るべき速さで実現したのが凡兆である。俳歴の古い人ほど、ついて来られない傾向が強く、蕉門離脱をほのめかす門下生もでて来た。半面この時期に入門した人達は、素直に共鳴し、後世に繋げる活動をするようになる。支考であり、二年後、芭蕉が江戸へ戻り、第三次芭蕉庵に拠って、この理論の普及に苦闘した時の野坡である、この人達は、芭蕉の死

後、四国・九州・中国・北陸と旅をして、芭蕉俳諧の普及に奮闘した。「猿蓑」は元禄四年七月刊行された。

猿蓑　芭蕉

冬

初しぐれ猿も小蓑をほしげ也
こがらしや頬腫（おたふく）痛む人の顔
住つかぬ旅のこころや置炬燵
雪ちるや穂屋の薄の刈残し
から鮭も空也の痩も寒の内
人に家かはせて我は年忘

夏

野を横に馬引むけよほとゝぎす　おくのほそ道
うき我をさびしがらせよかんこ鳥　おくのほそ道
たけのこや稚き時の絵のすさび
蛸壺やはかなき夢を夏の月
粽結ふかた手にはさむ額髪
夏草や兵共がゆめの跡　おくのほそ道
這出よかひ屋が下の蟾の声　おくのほそ道
かたつぶり角ふりわけよ須磨明石
笠嶋やいづこ五月のぬかり道　おくのほそ道
日の道や葵傾くさ月雨
風流のはじめや奥の田植うた　おくのほそ道
眉掃を面影にして紅粉のはな　おくのほそ道
ほたる見や船頭酔ておぼつかな

頓て死ぬけしきは見えず蟬の声

無き人の小袖も今や土用干

秋

文月や六日も常の夜には似ず　　おくのほそ道

合歓の木の葉ごしもいとへ星のかげ

桐の木にうずら鳴なる塀の内

病雁の夜さむに落て旅ね哉

海士の屋は小海老にまじるいとど哉

むざんやな甲の下のきりぎりす　　おくのほそ道

月清し遊行のもてる砂の上　　おくのほそ道

春

御子良子の一もと床し梅の花

麦飯にやつるる恋か猫の妻
かげろふや柴胡の糸の薄曇
不性さやかき起されし春の雨
闇の夜や巣をまどはしてなく鵆（ちどり）
ひばりなく中の拍子や雉子の声
山吹や宇治の焙炉の匂ふ時
うぐひすの笠おとしたる椿哉
猶見たし花に明行神の顔
一里はみな花守の子孫かや
草臥て宿かる比（ころ）や藤の花
行春を近江の人とおしみける

「おくのほそ道」の旅は、夏秋の二期五か月であり、二十一句中十句と、掲句の割合は高い。「猿蓑」が完成した時期には、「おくのほそ道」は、まだ原稿のかたちで、芭蕉の手の内にあった。この旅から、芭蕉が天啓として得たものが、いかに多大であったかと想像する。「おくのほそ道」は、「猿蓑」刊行二年後に、江戸の第三次芭蕉庵で完結し、門人素龍によって清書、完成した。

後世、芭蕉の名句と言われる二句が、「猿蓑」には入集されていない。

閑さや岩にしみ入蝉の声

この句は、

山寺や石にしみつく蝉の声
さびしさや岩にしみ込蝉の声
閑さや岩にしみ入蝉の声

と推敲されている。（『新解釈おくのほそ道』矢島渚男著）
この格段の差は、猿蓑編集時には間に合わなかったという事か。

荒海や佐渡によこたふ天河

越後路に到達した時は、芭蕉も曽良も疲労困憊で、体調を崩していた。天候は、昼間快晴夜半嵐であったという。芭蕉は鬱の状態であったという。天の川が瞬時にでも見られたのか、強い願望によるイメージであったのか。

同じ越後路の

文月や六日も常の夜には似ず

の句が、「猿蓑」に収録されている。七夕という宇宙の大ロマンを思うだけで、その前夜から胸がときめいて、とても平常心では居られないの意。

猿蓑　其角　蕉門十哲

……只俳諧に魂の入たらむにこそとて、我翁行脚のころ、伊賀越しける山中にて、猿に小蓑を着せて、俳諧の神を入れたまひければ、たちまち断腸のおもひを叫びけむ。あたに懼るべき幻術なり。これを元として、此集をつくりたて、猿蓑とは名付申されける。是が序もその心をとり、魂を合わせて、去来・凡兆のほしげなるにまかせて書。

其角は、猿蓑の序文にこのように書き、この句集を作ることの意義が「俳諧の集をつくること、古今にわたりて、此道のおもて起べき時なれや。……」と、俳諧の革新への狼煙であると宣言している。この句集出版にあたっての意気込みがうかがえる。そして

初しぐれ猿も小蓑をほしげ也　　芭蕉

から「猿蓑」は展開していく。

「猿蓑」は、「おくのほそ道」の旅を終えた後、京に滞在した芭蕉を囲み、去来・凡兆らが中心になって作った句・文集である。「初しぐれ」の句は、〝おくのほそ道〟の旅を終えた芭蕉が、江戸には向かわず、故郷の伊賀に立ち寄り、その足で、近江、京へと旅を続けて行く、その山中での事とか。実景の句といわれている。

其角はこの三人のなかで、一番年が若い。去来より十歳、芭蕉より十七歳年下である。「猿蓑」が完成した元禄四年では三十歳であった。しかし、芭蕉の弟子になったのは、十四歳と言われ、芭蕉の関口芭蕉庵時代からであり、去来も其角に連れられて芭蕉に会っている。これまで、芭蕉と最も密接していた門下生である。「猿蓑」の構想も、早くから、お互いの話題にしていた事と推察する。入集の数も凡兆の四四・芭蕉四二・去来二七　についで二五と多い。芭蕉も敬意を表して、巻頭の辞をまかせている。しかし、「猿蓑」の編集は京都で、去来の落柿舎や凡兆宅で集中的に短期間で行われ、しかも、かなり二人の自由裁量に任された節が見える。芭蕉のいつものやり方である。しかも、凡兆という新人の目を見張るような台頭である。編集上は大変効果があった。しかし、其角にとっては、どんな衝撃であったか。

其角の句

冬

あれ聞けと時雨来る夜の鐘の声

芭蕉の句の雰囲気に非常に近い。

はつしもに何とおよるぞ舟の中

およる―ねむる。

雑水のなどころならば冬ごもり

近江堅田は雑炊の名所。父東順は堅田出身。雑炊の暖、冬ごもりも極楽。

寝ごゝろや火燵蒲団のさめぬ内
この木戸や鎖（じょう）のさゝれて冬の月

冬景色の透明感、孤独感の味わい深い句。芭蕉の句に

鎖あけて月差し入よ浮み堂　がある。

はつ雪や内に居そうな人は誰
衰老は簾もあげず菴の雪
夜神楽や鼻息白し面ンの内
弱法師我門ゆるせ餅の札

乞食坊主が正月のお祝いに餅をもらった家に、その目印として札をはった。餅の礼。上げる餅もないの意か。

やりくれて又やさむしろ歳の暮

あちらこちら借金を払って元の無一文。さむしろ――小筵

夏

有明の面おこすやほととぎす

「猿蓑」の序「此道のおもて起す」をふまえている。其角の意気込みか。

花水にうつしかへたる茂り哉

花水―仏前にそなえる花水。仏前に供えた一束の草花。

屋ね葺と並てふける菖蒲かな
六尺も力おとしや五月あめ

六尺とは力士のこと。

みじか夜を吉次が冠者に名残哉

歌舞伎の義経・吉次別れの場面か。

秋

菊を切る跡まばらにもなかりけり

野菜畠の片隅にある野生菊の意。

春

むめの木や此一筋を蕗のたう
百八のかねて迷ひや闇のむめ
七草や跡にうかるる朝がらす

七草の朝餉のあとは、陽気な酒席に移ってゆく。

うすらひやわずかに咲る芹の花
うぐひすや遠路ながら礼がえし
白魚や海苔は下部のかい合せ
小坊主や松にかくれて山ざくら

商家の小坊主たちが、一家の花見について来たけれども、遠慮して、一行とすこし離れた松の陰で花見をしている風景か。

其角　一六六一―一七〇五

父は竹下東順という医師（近江堅田の出）で裕福に育ったといわれている。草刈三越に医学を、大顚和尚に詩・易を習った。父のすすめで、十四歳で芭蕉に入門した。嵐雪・杉風らとともに、深川芭蕉庵時代からの、蕉風創立の立役者である。初期蕉風確立の第一人者と言える、深川臨川庵での、芭蕉の禅の修行にも、（これは推測であるが）深く関わっていたのではなかろうか。後に、「行脚餓死は師の本心」と言い切っている様に、最も深く芭蕉の真髄を理解していた。

しかし、其角が生まれたのは、江戸は下町、魚河岸で、下町情緒たっぷりの中で育った。十五歳で酒を飲み始めたという。酒席が好き、粋が好き、其角の俳句には、下町の情緒が色濃い。これは如何ともし難いことで、芭蕉の俳句との、微妙な差になってしまう。その点について、芭蕉は「私は静寂を好み、細やかである。其角は伊達を好みこまやかである。その細やかさは、同じである」と評価していた。後年出てくる与謝蕪村は、其角の孫弟子に当たり、心底、芭蕉を尊敬していた。その流れからみても、其角は芭蕉の真髄を後世に正しく伝えていた。その其角の句風の流れが突然に変わった。

芭蕉が猿蓑の出版を終えたのが元禄四年七月、その九月に、芭蕉は急遽江戸へ向かった。この頃、凡兆と路通の対立、大津の尚白選「忘梅」の執筆者千那の序文に芭蕉が加筆した事のトラブル等、芭蕉新風に対する拒否反応も起こってきた。

物いへば唇寒し秋の風　　芭蕉

元禄四年暮に江戸へ着いた芭蕉は、橘町で年越しをした。元禄五年新春より数か月、芭蕉は市中を托鉢して過ごした。

「…風情胸中を誘ひて、物のちらめくや、風雅の魔心なるべし。なほ放下して栖を去り腰に百銭たくはへて、柱杖一鉢に命を結ぶ。…（栖去の弁）」自分のこころにも、風流のみちで名声を得たいという魔心がちらつくようで、一切を放下する為に托鉢僧をやったということか。芭蕉の「おくのほそ道」以来三年間、師の指導から遠ざかっていた其角や嵐雪には、芭蕉の言う〝かるみ〟〝あたらしみ〟の概念が、そのまま納得という訳にはいかない様で、特に其角は、その性格上、「人を喜ばせる」「人に褒められる」ことが無上の歓びで、そこに酒が入れば猶更であったと推測できる。嵐雪はこの後、芭蕉の考えをよく理解し、後世雪門という流派を起こし、かるみの理念を伝えて行くのであるが、其角は全く違った句風の世界へと進んで行く。元禄繚乱の時代、大名家すら俳諧のサロン化した時代であった。

芭蕉が「おくのほそ道」の旅に出た元禄二年、磐城平藩主内藤義概は風虎の俳号で有名で、俳諧のサロンをなしていた。機知的・理知的な点取俳句は、知識層である武士階級の嗜好と自尊心を満足させ、それは折から隆盛に向かう談林派俳諧の支援層を形成して行った。其角は元禄十年には、伊予松山藩主松平定直のお抱え俳諧師となり、安定した生活を得たといわれている。其の頃、同じく軽妙洒脱の句風で、江戸俳壇の雄と言われた沾徳と組み一世を風靡する繁栄期を迎えた。その其角派の繁栄も、晩年には、弟子は去り、家族は離散し、其角の死後は沾徳派に吸収され、沾徳派はその後、よりルーズな江戸派に吸収され、江戸派は季語の制約もない川柳へと流れていく。

芭蕉の百回忌近くなって、蕉風復活運動が、全国規模で起こる。この頃から、芭蕉は「俳聖」と呼ばれ、神格化されていく。その反対の役割のように、其角は疎外されていく。近世、俳句が見直され、隆盛期を迎え、蕉門における其角の功罪が客観的に評価されるようになるまで。

徳川幕府も五代将軍綱吉の時代となり、天下泰平、いわゆる元禄繚乱の世であった。後世に伝わる赤穂義士の時代でもある。以下、真偽のほどは詳らかではないが…義士討ち入りの前日、本所の街角で、顔見知りの大高源吾を見かけた其角は、源吾のくたびれた姿を見て

年の瀬や人の流れと人の代は

と投げかけたところ

あした待たるるその宝舟

と源吾が返してきた。この「あした待たるる」が、じつは討ち入りであったという。源吾切腹の知らせを受け

うぐいすに此辛子酢は涙かな

としたという。

元禄は、犬公方、大富豪の出現のほか、大地震、富士山の噴火、飢饉等、天変地異もはげしく、また、人間模様混沌の世相であった。晩年の其角には、難解で、読み解くのに苦労の多い句が多い。

身にからむ単羽織もうき世かな

其角は、師芭蕉に心酔していたと思う。去来・丈草に劣らず。それ故に、師の句と、己の句とのあいだに、埋め切れない差がつきまとうことに、過敏であったのか。芭蕉は、厳しい内面の格闘を経て、〝本来無一物〟の境地を会得し、それを更に確かなものとするために、行脚餓死は本懐とする旅また旅のなかで、俳諧探求の生涯を送った。後世どの俳人も、この結界を超えることは出来なかった。とは言え、其角の前掲の句などは、芭蕉のいう〝かるみ〟のなかに〝かなしみ〟〝おかしみ〟といった不易の世界が内在する秀句と思う。

其角の後援者伊予松山藩主松平定直は三嘯と号し、日頃から作句に熱心であった。参勤交代で伊予松山に帰った時には、城中に、俳句好きの市民も呼んで句会を開いたと言われ、作句盛んで、日常的に浸透していた。松山は道後温泉とか、近隣には金毘羅宮とか観光資源にめぐまれ、伊勢と並ぶ観光地であり、人が多く集まり、まだ一家を成さない若い俳人たちを受け入れる風土であった。芭蕉直弟子の支考も野坡も、師の没後、四国・中国と旅を重ね、蕪村も晩年の三年間、四国に滞在し、江戸を食い詰めた一茶も、四国・中国の遍歴修行により句風を開眼し、句集を得て、一門を開くにいたった。その風土から近代の子規が出現し、虚子へとつながる。

芭蕉の死後、其角の俳諧遍歴はどうなったか。大名諸家の句会に招かれる程、江戸俳諧の重鎮として活躍したことは確かである。しかし、芭蕉の精神主義的な方向からずれて、本歌取り、句兄弟（元禄七年）といった、作句の面白さ、話題性等を優先した方向に向かって行く。晩年は弟子も去り、家庭も崩壊し、四十七歳という若さで生涯を終えた。

其角十七句

稲こくやひよこを握る藁の中
海棠の花のうつつや朧月
傀儡の鼓うつなる花見かな
菓子盆にけし人形や桃の花

寒菊や古風ののこる硯箱
暮の山遠きを鹿のすがた哉
重箱に花なき時の野菊哉
雀子やあかり障子の笹の影
ちり際は風もたのまずけしの花
年神に樽の口ぬく小槌かな
なきがらを笠にかくすや枯尾花
夏酔や暁ごとの柄杓水
人の世やのぞかなる日の古林
豆をうつ声のうちなる笑かな
水うつや蝉も雀もぬるる程
身にからむ単羽織もうき世哉
夕立や田を三囲（みくまり）の神ならば

猿蓑　嵐雪　蕉門十哲

服部嵐雪が蕉門に入門したのは、一六七五年、二十二歳、芭蕉三十二歳の時であった。江戸は都市として勃興期にあり、芭蕉は桃青の号で、西山宗因東下歓迎百韻に参加し、頭角を現していた。その時代の芭蕉にとって、嵐雪は其角と並ぶ頼もしい双璧であった。

「猿蓑」より

夏

下闇や地虫ながらの蝉の声

まるで地虫が地中で鳴いているように聞こえる。

秋

花すすき大名衆をまつりかな

神田祭、大名衆も参列したという。花すすきは、大名衆に飾られた槍か。

春

裾折て菜をつみしらん草枕

草枕は通常、旅の枕詞。この場合は「誰か菜を摘んで枕にしたのだろうか。風流なごとよ」と受け止めたい。

出替や幼ごころに物あはれ

出替は奉公人の交代の時期。新入りのまだ幼い子の風情。

狗脊（ぜんまい）の塵にゑらるるわらびかな

わらびは「ぜんまい」の塵として捨てられるの意。

服部嵐雪　一六五四―一七〇七

下級武士服部喜大夫高治の長男として、江戸湯島に生まれた。二十二歳で蕉門に入門。芭蕉が其角と並び称して

両の手に桃と桜や草の餅

と言った逸材である。猿蓑には、五句しか入集していない。しかしこの五句、格調が高い。若い時代は、放埒な生活を送り、湯女を妻に迎えたという。反骨精神の強い性格であったか、芭蕉とは、どこか一線を画する態度があった。元禄七年十月二十二日、江戸で芭蕉の訃報を聞いた。即日一門を集め、追悼句会を開き、その足で、膳所

の義仲寺へ墓参に向かったという。その時の句

この下にかくねむるらむ雪佛
蒲団着て寝たる姿や東山

芭蕉の初月命日の十一月十二日、江戸より駆けつけた嵐雪を囲んで、京都の量阿弥で、百韻興行が行われたときの句。東山の姿を詠んでいるようで、師芭蕉の寝姿に想いを馳せている叙情がある。自我意識の強い人柄のようで、芭蕉とも、どこか一線を画す趣があるが、芭蕉が最晩年に手掛け、完結された「続猿蓑」にみられるように、蕉門俳諧の良き伝道者となった。

一六八八年武士をやめ、俳句宗匠となり、其角と双璧の、雪門と呼ばれる江戸俳諧の重鎮となった。最晩年は、専ら禅の修行に打ち込んだと言われている。門人に逸材が育ち、大島蓼太の時代には、門人三千人と称され、蕉風俳諧伝達の実績を残した。蕪村もこの流れを汲んでいる。

「猿蓑」以外の句。

梅一輪いちりんほどの暖かさ　　続猿蓑
名月や煙はひ行く水の上　　〃
濡縁や薺こぼるる土ながら　　〃
喰物もみな水くさし魂まつり　　〃
庵の夜もみじかくなりぬすこしづつ　　〃

すこしずつに自らの余命の予感をにじませている。

一葉散る咄ひとはちる風の上　　辞世句

猿蓑　去来　蕉門十哲

高浜虚子の句に

およそ天下に去来ほどの小さき墓に詣でけり

去来を語るに、此の句ほど適切な言葉はない。芭蕉を師と仰ぎ、生前は勿論、死後も、変わらぬ誠実さで、芭蕉の示した俳諧の道を、著書により、日常の作句に於いても示し続けた。謙虚な人柄は、句集「猿蓑」にも反映して、凡兆のような華やぎはないが、繰り返し読んでいると、滋味深い風味が、感じ取れる。「猿蓑」の句から

冬

いそがしや沖の時雨の真帆白帆
尾頭のこころもとなき海鼠哉
あら礒やはしり馴れたる友鵆（ともちどり）
ひっかけて行や吹雪のてしまござ

てしまござ──豊島ござ。旅人の雨具などに。

うす壁の一重は何かとしの宿

宿のうす壁一枚の向うとこちらで、年が代わる様の違いを詠う。

夏

心なき代官殿やほととぎす

たけの子や隣畠に悪太郎

つづくりもはてなし坂や五月雨

百姓も麦に取つく茶摘哥

膳所曲水之楼にて──とある菅沼氏の不慮の死を悼み。

夕ぐれや屼（はげ）並びたる雲のみね

秋

はつ露や猪の臥芝の起あがり
みやこにも住まじりけり相撲取
君が手もまじる成べしはな薄
月見せん伏見の城の捨郭
かかる夜の月も見にけり野辺送

「猶子を葬送して」とある

一戸や衣もやぶるるこまむかへ
柿ぬしや梢はちかきあらし山

落柿舎は嵐山に近い。その柿を売ったが、その夜の嵐で全部落果した。買主に代金を返した。嵐と、あらし山は、かけあわせ。

春

梅の香や山路猟入る犬のまね
ひとり寝も能きやどとらん初子日

初子の日を初寝の日とし、独身者もこの日は、良い宿をとる。

鉢たたきこぬよとなれば朧なり

鉢たたき――托鉢坊主。

うき友にかまれてねこ（猫）の空ながめ
古舞や下座になをる去年の雛

去年は上座今年は下座。相手は凡兆か。

知人にあわじあわじと花見かな

去来　一六五一―一七〇四

父向井元升（儒医・名医の評判）の次男。肥前（長崎）生まれ。一時期、堂上家に仕官するも、家庭の事情により浪人となる。兄元端は宮中の儒医となり、京都に在住。去来は、洛外嵯峨野に、落柿舎を建て住み、兄の手伝いをしていたという。生活には、ゆとりもあったか。

貞享元年正月、大坂住吉神社で、井原西鶴の大矢数が行われた。一日に、二万三千五百句を独吟したと言われている。その立ち合いに、蕉門を代表して、其角が来阪、友人の紹介で、去来と会った。其角二十四歳、去来三十四歳であった。その四年後、貞享四年正月、江戸へ来た去来を、其角が芭蕉庵に案内し、芭蕉との対面となる。去来の蕉門入門。去来は五月まで江戸にとどまり、蕉門の表現方法などについて、詳しく話を聞き、深い感銘を受けた。「去来抄」に、その印象を詳しく書き残している。

「おくのほそ道」の旅を完成させた芭蕉は江戸には帰らず、いわゆる湖南時代といわれる二年間を、近江、京都にとどまり、幻住庵（その他幾つか）を宿とし、この落柿舎も拠点の一つとして、「嵯峨日記」を執筆し、「猿蓑」を完成させた。芭蕉にとって、生涯一番充実したこの期間を支えたのが、去来であり、智月尼であり、弟子たちであった。

芭蕉が死の床で、完成したばかりの「おくのほそ道」を、去来に委ねたのは、まことに慧眼というべきである。去来により、大切に保管されたこの原本が、去来の死後も縁故者によって引き継がれ、現存し、芭蕉研究の貴重な資料となっている。

芭蕉俳諧の根本理念である、俳句に日本の古典的芸能の真髄である〃わび・さび〃という基本概念を導入することを、芭蕉の教えとして、ひろめた、その功績はおおきい。去来はあくまで、これを、師の教えとし、世に伝えた。去来抄である。これだけの人の墓が、びっくりする程小さい。故人の遺志とおもうが、その人柄がしのばれる。巻頭の虚子の句が、全てを想像させる。「猿蓑」以降、一番まともに、芭蕉の世界に近づこうと努力しつづけ、その域に近づき得た、去来の句を左記に。

花守や白きかしらをつき合わせ

白きかしら—老花守をいう。突き合わすで二人。背景は満開の桜。

何事ぞ花みる客の長刀

去来自身刀を手放さなかったという。自嘲の意もあるか。

名月や海もおもはず山も見ず

うごくとも見えで畑うつ麓かな

死顔のおぼろおぼろと花の色

死に顔は美しい。桜の季節の野辺送り。故人は大切な美しい女性。

凩の地にもおとさぬしぐれ哉

秋風やしらきの弓に弦はらん

芭蕉俳諧の緊張感、精神のレベルの高さを思わせる。

去来の句は、一読では平凡のようで、じっくり読み返すと、味がそこはかとなく滲み出てくる。晩年、芭蕉が提唱した〝かるみ〟の世界が素晴らしい。俳句とは、究極は人柄が勝負と知らされる。

岩鼻やここにもひとり月の客

この「月の客」を、他人でなく自分自身と見よ、とは芭蕉の言。

猿蓑　丈艸　蕉門十哲

元禄七年十月十一日、芭蕉は死を覚悟の病床にあった。急を聞きつけて、主だった弟子が集まった。芭蕉は夜伽の弟子達に句を作らせていた。そのなかの丈艸一句

うずくまる薬の下の寒さかな

〝かるみ〟の出来たことを褒めたといわれている。師の病状を案じ、心細がる気持ちが「寒さかな」に、滲んでいる。

猿蓑に入集している丈艸の句は十二句。入門早々であるにもかかわらず。

冬

幾人かしぐれかけぬく瀬田の橋

広重の絵を見るような描写。

はじまりは紙子の切を譲りけり

交際のはじまりは紙子の分け合いという清貧賛歌。

背戸口の入江にのぼる千鳥かな

水底をみて来た皃の小鴨哉

浮き上がったばかりの小鴨の得意顔が見える。

しづかさを数珠もおもはず網代守

網代―魚を捕る仕掛け。数珠―仏心もなく、殺生を思わない。

一月は我に米かせはちたたき

鉢たたき—空也念仏の僧。一月はお布施も多い。お余りをくれ。

夏

ほとゝぎす滝よりかみのわたりかな

隙明や蚤の出て行耳の穴

隙明—障子のすきまのあかり。早い夜明け。蚤の出て行く耳の穴とは、垢のたまった貧しい日常の意か。

秋

京筑紫去年の月とふ僧仲間

行秋の四五日弱るすゝき哉

春

我事と鰌（ドジョウ）のにげし根芹哉

春に、泥から出てきた「どじょう」が人影に驚く。

真先に見し枝ならんちる桜

人郷はなれた桜か。真先とは、散り際の、自分が最初で最後に見た人という一期一会の意か。

内藤丈艸　一六六二―一七〇四

尾張犬山藩家臣・内藤源左衛門の長子。漢学を穂積武平、禅を玉堂和尚に学ぶ。幼くして母を失い、継母に育てられた。元禄元年（二十六歳）病弱を理由に家督を異母弟に譲る。猿蓑では「僧丈艸」となっている。元禄二年入門とあるから、芭蕉が「おくのほそ道」より帰ったときか。凡兆の紹介で蕉門の一員となる。芭蕉臨終まじかの句座で、即吟の句を認められたことは前述の通り。芭蕉の死後十年間、近江に仏幻庵を結び、師の追慕に日々を費やしたという。大変な教養人で、「猿蓑」の跋（巻末の文章）を漢詩で飾っている。猿蓑に掲載の句も、〃かるみ〃をふまえた上品な句が多い。万事控えめの人柄に見える。蕉門十哲の一人。

「猿蓑」掲載以外の句をいくつか。入門時から〃かるみ〃で育った弟子の一人。

連れのあるところへ掃くぞきりぎりす
淋しさの底ぬけてみるみぞれかな
郭公（ほととぎす）鳴くや湖水のささにごり
藍壺にきれをうしなう寒さかな
大はらや蝶の出て舞う朧月
うかうかと来ては花見の留守居哉

雨乞の雨気こはがるかり着哉
悔（くやみ）いふ人のとぎれやきりぎりす
水風呂の下や案山子の身の終
黒みけり沖のしぐれの行ところ
榾の火やあかつき方の五六尺
ぬけがらにならびて死る秋のせみ
船引の道かたよけて月見かな
鼠ども出立の芋をこかしけり
朝霜や茶湯のうしろの薬鍋
下京をめぐりて火燵行脚かな
着て立てば夜の衾（ふすま）もなかりけり
蚊帳を出て又障子あり夏の月

清貧の極に居てその己を面白がっている。いつも生と死のはざまに立っての自己観照。幾度も読み返していると、そんなものが見えて来る。〝わび・さび〟の味わいの最も深い句風の人。

猿蓑　凡兆

渡りかけて藻の花のぞく流れかな

この句を（一部字使いをわかりやすく変更してある）現代句といっても違和感はない。この句は、今から約三百五十年前、江戸時代初期、松尾芭蕉が編纂、出版した、「猿蓑」の中にある凡兆の句である。猿蓑は、芭蕉が「おくのほそ道」の旅から帰り、江戸には向かわず、近江、京都に、二年間滞在し、全国から俳句を募り、去来・凡兆らと共に、蕉風俳句を集大成したものであり、その中でも、凡兆の句に、私は強く惹かれた。

以下いくつか抜粋してみた。

時雨るるや黒木つむ屋の窓あかり

黒木―生木を一尺に揃え竈で蒸焼きにして燃料にする。薄暗い窓辺が、時雨れてきて、一段と薄暗くなる。冬を迎える家の風情がリアルに表現されている。

禅寺の松の落葉や神無月

禅寺、落葉、神無月で、秋の古寺の清々しさと閑寂さが伝わる。

古寺の簀子も青し冬がまへ

「簀子も青し」が、古寺の冬構えの、今したばかりという臨場感を適切に表現する。

呼かへす鮒売見えぬあられ哉

鮒売の声がしたので、出てみると、もう姿が見えず。下五の受け方が、この季節の寂寥感を表現している。

下京や雪つむ上の夜の雨

昼間賑わう下京のイメージが、夜の雨で、逆に静けさを印象づける。

豆植る畑も木べ屋も名処哉

名処—名所旧跡。京都はどもかしこも名所あと。

渡り懸て藻の花のぞく流哉

これこそ現代風。橋を渡りかけて、流れに揺れる藻の花の美しさに、思わず脚を止

めたということか。見事な描写。（書き出しの句がこれ）

三葉ちりて跡はかれ木や桐の苗

三枚ばかり残っていた桐の苗木の葉が散ってしまい、裸の枯木になった。

初潮や鳴門の浪の飛脚舟

北斎の絵を見るようなシャープな表現。

物の音ひとりたふるる案山子哉

物音がしたので振り返って見ると、案山子がかってに倒れていた。

肌さむし竹切山のうす紅葉

肌さむしという切り出し、うす紅葉という下五の止めかた、現代でも通用する感性である。

鶯や下駄の歯につく小田の土

暖かくなって、土も温み、下駄にくっついてしまう。これで上五の　鶯やが生きてくる。主観を排除して、客観描写に徹しようとするところが凄い。

蔵並ぶ裏は燕のかよひ道

街並みの裏通りは燕の天下。伸びのびした良い風景。

はなちるや伽藍の樞（くるる）おとし行

花散る中を僧が伽藍の桟（クルル）を落として帰っていく。

野澤凡兆　一六四〇―一七一四

加賀の国金沢の人。加賀藩四代前田光高に仕えたが、武士を嫌って京で市井の医師となる。芭蕉より四歳年長。芭蕉が、「おくのほそ道」の旅で、金沢へ立ち寄った時には、凡兆は既に京都に出ていて、会っていない。芭蕉との初対面の時期は定かではないが、元禄元年と言われており、その年の夏に、「笈の小文」の旅の終わりに、芭蕉は京に立ち寄り、去来と会っているので、その時に凡兆も同席し、入門したものと思われる。

その頃の凡兆の「曠野」という句誌の入集句に左記がある。

かさなるや雪のあるやま只の山

平凡な山も雪に覆われて重なると美しい雪山となる、の意か。目の付け所は鋭いものがあるが、舌足らずの感がある。この人が、「猿蓑」の編集作業を通じて、芭蕉の教えを吸収し、変身してゆく。その理解度は「一日千年の敵なり（去来抄）」と言わしめたほどである。妻の羽紅も猿蓑に何句か入集している。凡兆の、猿蓑第一・第四の入集数は、芭蕉が四十句・去来が二十五句、其角が二十五句であるのに対し、四十一句入集している。鋭すぎたために、どこかで、蕉門に満足しきれないものがあったか。「猿蓑」完成後、路通との確執が原因との説もあるが、蕉門から離れて行った。後に罪を得て入牢、最後は、極貧のうちに生涯を閉じたと言われている。

凡兆は非凡な俳人であった。それだけに、周囲の風潮に飽き足りない所もあったのでは。芭蕉にすら…。この時代に、主観をこれだけ抑えて、客観に徹した表現で、芭蕉の言う、〝わび・さび〟の世界を表現する手腕は大変なものであるが、時代的に先に進み過ぎて、周囲の理解を得にくかったかもしれない。芭蕉はよく分かっていて、「猿蓑」でも重用したが、その後、本人から遠ざかって行ったということか。後世に言う蕉門十哲には入ってはいない。

芭蕉の句と凡兆の句とは、その技法に於いて異質である。芭蕉は己の世界を限りなく想念で掘下げた時点で句を作る。凡兆は、限りなく己の影を消して、客観的なかたちで句の世界を展開する。しかし、作られた〝わび・さび〟の世界は同じである。凡兆が正式に芭蕉から作句を学んだのは、「おくのほそ道」の旅以後である。おそらく、〝かるみ〟〝あたらしみ〟の洗礼を、真っ先に受けた一人であろう。それを忽ち実現して見せた芭蕉が「一日千年の敵なり」と評価したのも、その辺の事だろうか。凡兆の句には、現代俳句に通じるものがある。

蕉門離脱後の凡兆に秀句は見られない。

猿蓑の凡兆の句（冬〜春）

冬

時雨るるや黒木つむ屋の窓あかり

禅寺の松の落葉や神無月

砂よけや蜑のかたへの冬木立
古寺の簀子も青し冬がまえ
炭竈に手負の猪の倒れけり
門前の小家もあそぶ冬至哉
矢田の野や浦のなぐれに鳴千鳥
呼かへす鮒売見えぬあられ哉
下京や雪つむ上の夜の雨
ながながと河一筋や雪の原

夏

ほととぎす何もなき野ゝ門ン構
豆植る畑も木べ屋も名処哉
竹の子の力を誰にたとうべき
五月雨に家ふり捨てなめくじり

髪剃や一夜に金情（さび）て五月雨
闇の夜や子供泣出す蛍ぶね
渡り懸て藻の花のぞく流哉
日の暑さ盥の底の蟻（うんか）かな
水無月も鼻つきあはす数寄屋哉
すずしさや朝草門ンに荷ひ込

秋

あさ露や欝金畠の秋の風
三葉ちりて跡はかれ木や桐の苗
まねき〱枴（あふご）の先の薄かな
百舌鳥なくや入日さし込女松原
吹風の相手や空に月一つ
初潮や鳴門の浪の飛脚舟

物の音ひとりたふるゝ案山子哉
上行と下くる雲や穐の天
稲かつぐ母に出迎ふうなひ哉
肌さむし竹切山のうす紅葉
立出る秋の夕や風（かざ）ほろし
世の中は鶺鴒の尾のひまはなし

春

灰捨て白梅うるむ垣ねかな
鶯や下駄の歯につく小田の土
骨柴のかられながらも木の芽かな
野馬（かげろふ）に子共あそばす狐哉
蔵並ぶ裏は燕のかよひ道
鷲の巣の樟の枯枝に日は入りぬ

雞の声もきこゆるやま桜
ある僧の嫌ひし花の都かな
はなちるや伽藍の樞（くるる）おとし行

「猿蓑」巻之五には、連句四巻が収められている。其の第二巻に、凡兆が亭主となって、芭蕉・去来と三名の連中による、各人十二句の三十六句一巻がある。凡兆の発句に非凡さがうかがえる。

市中は物のにほひや夏の月　凡兆
あつしくと門くの声　芭蕉
二番草取りも果さず穂に出て　去来

元禄三年六月頃の、京の市中の、凡兆宅でのこと。猿蓑の編集の最盛期で、打ち合わせを兼ねた月見の会であったと推定する。

凡兆の句の意は、

「師には、折角湖畔の涼しい宅で、月見をなさっているところを、この蒸し暑い、猥雑な匂いのする町中へお運びくださいまして、有り難うございます。」

「夏の月」が何とも言えず上手い。「物のにほひ」で暑さを表現し、同じ月見でも、芭蕉の住む山荘の月の涼しさと、市中の月見の蒸し暑さとの対比を「夏の月」の一言で連想させ、師の足労を労う気持ちが良く表現されている。

それに対して芭蕉の応答が洒落ている。「かどかど」とは、逢う人皆さんと言うことで「市中、山中を問わず誰でも」と解釈すると、すんなりと納得できる。

この芭蕉に次ぐ去来の展開が素晴らしい。「この暑さのお蔭で、今年は稲の生育も良く、豊年になるでしょう」と、展開してゆく。各人十二句、計三十六句の連句一巻となる。

猿蓑　蕉門十哲の内　杉風・曽良・土芳・越人・北枝

芭蕉が江戸へ下向して早々に入門したのが其角であり嵐雪であり杉風である。神田川上水工事を退職するまでの五年間に、芭蕉は二十名の門弟を擁するに至った。蕉門草分け時代から芭蕉を支えて来た人達である。芭蕉が隠遁した深川の芭蕉庵は、本業は魚商人の杉風の作業小屋であった。この小屋が振袖火事で焼失し、弟子達の手で第二次芭蕉庵が建てられた。その隣近所に住んで、なにかと日常の世話を焼いたのが曽良である。曽良は、「おくのほそ道」の旅に随行し、後年、芭蕉研究の貴重な資料となる「曽良旅日記」を残すことになる。土芳は、芭蕉が藤堂藩の藤堂良忠に仕えていた頃、まだ幼年期であったが、その子の父親に頼まれ、俳句の手解きをし、後年入門し、芭蕉の教えを書き留めた「三冊子」を後世に伝えた。地味な人柄で、世間的評価は低いが、功績は評価されるべきであろう。越人は、「野ざらし紀行」の旅途中で、名古屋で入門し、「更科紀行」で江戸まで随行した。北枝は、「おくのほそ道」の、金沢で入門し、芭蕉の死後も金沢蕉門の発展に尽くした。智月尼は湖南時代の芭蕉を支えた女性。羽紅は凡兆の妻で、「猿蓑」の編集の内助の功が著しかった。

猿蓑　杉風　蕉門十哲

杉山杉風は、日本橋小田原町の裕福な魚問屋、しかも幕府ご用達であった。蕉門に入ったのは一六七五年頃と言われているので、芭蕉の第二次江戸下向時早々か。江戸に於ける最も早期の弟子であったとおもわれる。父仙風と同時に入門した。芭蕉が、神田川上水工事を辞めてひき籠った、深川芭蕉庵の持ち主であった。それ以降、第二次芭蕉庵、第三次芭蕉庵の提供など、物心ともに芭蕉の有力な支持者であった。「猿蓑」には五句入句している。

冬

襟巻に首引入て冬の月

夜外出時の風景か。直な表現。

年のくれ破れ袴の幾くだり

この破れ袴は、店の者の作業着、魚屋という仕事の厳しさを表現したもの。幾くだりは、店の者の数の多さ。

秋

がっくりとぬけ初る歯や秋の風

元禄三年九月、湖南滞在中の芭蕉へ、杉風が近況を知らせた手紙の中で書き添えたもの。杉風四十四歳。大病であったという。句の原型は、

がっくりと身の秋や歯のぬけし跡

手を懸ておらで過行木僅哉

春

子や待ん余り雲雀の高あがり

杉山杉風　一六四七―一七三二

其角と共に、江戸に於ける芭蕉の最も古い門下生。魚問屋という経済力と、温厚誠実な人柄で、芭蕉をして「去来は西三十三国　杉風は東三十三国の俳諧奉行」と言わしめたほど、蕉門を物心両面で支え続けた。一六八〇年の「桃青門弟独吟二十歌仙」の巻頭を飾った程の力量であった。この頃芭蕉の門弟は二十人であった。杉風の談林派俳諧時代の勢いは、〃わび・さび〃を基軸とする俳諧に、芭蕉が移行するにつれ、影が薄くなって行ったのではないだろうか。猿蓑の句までは、おそらく芭蕉の指導もあって、かなりの句になっているが、芭蕉の死後は、本人の大変な努力にもかかわらず、句に迫力を欠き、同世代の、其角　嵐雪に比べても影が薄い。仕事の忙しさもあっただろうが。俳諧は、どこか精神上の餓えを必要とする。

芭蕉の〝わび・さび〟について行き切れなかったのではなかろうか。

しかし、蕉門を支えた功績は数え切れないくらい大きい。

猿蓑以外の句（五句）

朝顔やその日その日の花の出来

わかな野や鶴付初し足の跡

馬の頬押のけつむや菫草

みちのくのけふ関越ん箱の海老

花いづれ精進日には白きむめ

〝わび・さび〟とは

能に於ける　静中の動　動中の静
詩歌に於ける　言外の言　言葉をこえて現れるもの

猿蓑　曽良　蕉門十哲

曽良といえば、芭蕉の「おくのほそ道」を連想する。芭蕉の「雪丸げ」という手記に次のようなことが書かれている。

曽良某はこのあたり近く、かりに居をしめて、朝な夕なに訪ひつ訪はる。我くひ物いとなむ時は、柴折りくぶるたすけとなり、ちゃを煮る夜はきたりて氷をたたく。性隠閑をこのむ人にて、交金を断つ。ある夜雪を訪れて

きみ火をたけよき物みせむ雪まろげ　はせを

第二次深川芭蕉庵時代から、曽良は芭蕉の近くに住み、朝な夕なに、芭蕉の世話をやいていた。誠実で、控えめで、人を裏切らない。しかも、『古事記』『日本書紀』『万葉集』等国学に造詣が深かった。後に、「おくのほそ道」の旅の同伴者として、どれほど芭蕉を助けたことか想像できる。「おくのほそ道」の旅を終えて、芭蕉は曽良と別れ、そのまま江戸へは向かわず、近江、京都と、湖南時代といわれる豊穣の二年をおくり、「猿蓑」の他いくつかの集大成を実現する。曽良の猿蓑入句は下記十二句。

冬

なつかしや奈良の隣の一時雨

「おくのほそ道」の旅を終えて、芭蕉とは別行動で伊賀上野へ向かった時の句。芭蕉は奈良をまわり京へ。今、隣の奈良に師はいる。会いたい。

浦風や巴をくずすむら鵆（ちどり）

畳（たたみめ）は我が手のあとぞ紙衾

紙衾は、おくのほそ道で芭蕉が持ち歩いていた衾。その畳み目への想い。

夏

松島や鶴に身をかれほととぎす　おくのほそ道

破垣やわざと鹿子のかよひ道

月鉾や児（ちご）の額の薄粧（うすけはい）

月鉾―京都祇園会の山車。

秋

終夜（よもすがら）あきかぜきくや裏の山　おくのほそ道

おくのほそ道で腹を病んで芭蕉と別れ、先行した曽良の眠れぬ想い。

「一夜の隔千里におなじ」と記されている。

いずくにかたふれ臥とも萩の原　おくのほそ道

「おくのほそ道」のなかで、曽良の句として芭蕉は

行々てたふれ伏とも萩の原　曽良

と書き込んでいる。

向の能き宿も月見る契かな
むつかしき拍子も見えず里神楽

春

大峯やよしの〻奥の花の果
春の夜はたれか初瀬の堂籠

河合曽良　一六四九―一七一〇

信濃上諏訪に、高野七兵衛の長男として生まれた。六歳で父母と死別。伯母の養子となり、岩波庄右衛門を名乗る。十二歳で養父母を失くし、伊勢の国長嶋の住職・深泉良成の養子となる。一六六八年、長嶋藩主　松平康尚に仕え河合惣五郎と名乗る。一六八一年致仕。江戸で神主の資格を得、吉川惟足について『延喜式』『古事記』『日本書紀』『万葉集』等国学と地理学を身につけた。芭蕉が深川芭蕉庵へ転居して来たのが、一六八一年であるから、曽良が江戸へ来て神道の勉強をした時期と符号する。芭蕉に入門の時期は、芭蕉が第二次芭蕉庵に入居早々時に、前記「雪まろげ」の句のように、近所付き合いが始まり、その延長線上のことと思われている。「鹿島紀行」、そして「おくのほそ道」のお供など、豊富な国学の知識と誠実な人柄で、芭蕉最後の第三次芭蕉庵に至るまで、終生芭蕉を、蔭から支えて来たと推察できる。芭蕉の没後、曽良がどう生きたか、明確な記録は残っていない。数多くの作句の記録もないし、芭蕉の遺訓を、なんらかの形で伝えたという形跡もない。「猿蓑」に入句の作品の半分は、「おくのほそ道」で作られた俳句で、しかも芭蕉に対する思い入れがふかい。芭蕉を失って、おそらく茫然自失の十年ではなかったか。

その晩年、六十二歳のとき、突然、幕府の巡検使の随員として（神学の造詣を買われてか）九州に行くことになる。

一七一〇年三月、江戸を出た巡検使は、筑前筑後をまわり五月七日壱岐に入港した。曽良は、その五月二十二日、海産物問屋・中藤五座衛門宅で生涯を終えた。一族がその事を知ったのは、二十年後であったという。

春に我乞食をやめて筑紫かな　　曽良

が辞世句となった。

曽良の「旅日記」は、昭和の初めに発見されたが、真偽が定まらず、同十八年に本物と確認され、芭蕉研究の貴重な資料となった。重要文化財として天理大学天理図書館に所蔵されている。終焉の地が壱岐であることから、旅日記は最後まで、肌身離さず持ち歩いていたものと思われる。

曽良が蕉門十哲に選ばれる俳諧上の格別の業績を見つけることが、私にはできない。しかし、蕉風立ち上げの時期、献身的に芭蕉を支え、特に、「おくのほそ道」に随行時の功績は大きい。「おくのほそ道」は、蕉風確立の上で、貴重なプロセスであり、産物であったと思う。曽良を十哲に入れない人もある。それでも、この人の果たした貴重な役割は変わらない。

猿蓑　服部土芳　蕉門十哲

芭蕉の遺訓を最も忠実に伝えたものに「去来抄」と、土芳の「三冊子」がある。実父木津三郎兵衛保向は藤堂藩士。二人の出会いは、芭蕉二十一歳、土芳九歳の時と言われている。藤堂良忠（俳号蝉吟）に仕えていた頃か。芭蕉生涯最初の弟子とも言える。猿蓑には六句入集している。

冬

棹鹿のかさなり臥る枯野かな

秋

おもしろう松笠もえよ薄月夜

この比のおもはるる哉稲の秋

比は妣「はは」と読む。亡き母の意。

春

梅が香や砂利しき流す谷の奥

かげろふやほろほろ落ちる岸のすな

荷鞍ふむ春のすずめや縁の先

以上六句。句は作者の地味な人柄をそのまま反映している。

服部土芳　一六五七―一七三〇

藤堂藩士木津三郎兵衛保向の三男として生まれた。服部家の養子となる。九歳で芭蕉に俳諧の手解きを受けたと言われている。

一六八五年水口宿（滋賀）で、世に言う「野ざらし紀行」の旅の芭蕉と出会う。その時再入門。その喜びを芭蕉は

命ふたつの中にいきたる桜かな　芭蕉

と詠んでいる。この期間、音信が絶えていたのかもしれない。翌年より武士をや

め、俳諧に専念。一六八八年草庵を開く。訪れた芭蕉が

みのむしの音を聞きに来よ草の庵　　芭蕉

の句を詠み、蓑虫庵と名付けた。芭蕉の死後、師の遺訓をまとめ、著書にした。「三冊子」「蕉翁文集」「蕉翁句集」、これらは、芭蕉研究の上で、欠かせない資料となっている。「三冊子」とは「白冊子」「赤冊子」「忘れ水（黒冊子）」からなり、白は連歌、俳諧の起源から、西山宗因を経て芭蕉に至りまことを得たことを、詩歌・連歌・俳諧の事例で解説。「赤冊子」は、不易流行、誠をせめて恣意を去る方法、かるみについての総説、芭蕉の句の推敲過程。「忘れ水」は、俳席の心得等。芭蕉の遺訓をありのまま忠実に後世に伝えた。去来の「去来抄」とともに、芭蕉俳論の基本を伝える資料となっている。

「猿蓑」以外の俳句。

むめちるや糸の光の日の匂ひ　炭俵
近江路やすがひに立てる鹿の長
鮎の子の心すすさまじ滝の音　続猿蓑
冬梅のひとつふたつや鳥の声
植竹に江風さむし道の端
月添ひてかなしさこぼる萩すすき

芭蕉亡きあとも、去来・丈草・許六等と、意見の交流も緊密であった。芭蕉最晩年の、旅先の大坂より土芳に出した手紙がある。元禄七年九月二十三日付。芭蕉死亡半月前。

窪田意専　服部土芳　様

先日ご連翰かたじけなく、ご無事のよし珍重に存じ奉り候。拙者も、生壁さし出で候ところ、参着以後振ひ付き申し候てやうやう頃日つねの通りに罷りなり候。ここもと、おつつけ立ち申すべく候。長居無益がましく存じ候て、草々看板破り申すべく候。随分人知れずひそかに罷り在り候へども、とかく事やかましく候てもはや飽き果て候。一両吟感心。拙者逗留の内は、この筋見えかね、心もとなく存じ候ところ、さてさて驚き入り候。「五十三次」、前句共秀逸かと、いづれも感心申し候。そのほか珍重あまた総体「軽み」あらはれ、大悦すくなからず候。委細に御報申したく候へども、いままだ気分すぐれず、なにかと取り紛れ候あひだ、伊勢より便次第に、細翰を以て申し上ぐるべく候。九日南部を立ちける心を

菊に出でて奈良を難波は宵月夜
秋の夜を打ち崩したるはなしかな
この道を行く人なしに秋の暮

二十三日

はせをいずれもかたへ御心得、殊には半残子たのみ奉り候

芭蕉は、元禄七年五月十一日江戸を出発、近江、京を回り、七月十五日伊賀へ帰り墓参、その時、土芳達と会う。その後、奈良を経由大坂に向かった。

大坂の酒堂亭で、酒堂、之道と対面した。芭蕉の来阪の目的は、対立する両派の和解であった。芭蕉の体調は悪く、十日夜から発熱、二十日まで不調が続く。前掲の手紙は、その病状が一段落した状況を知らせている。

秋の夜を打ち崩したるはなしかな

時あたかも中秋の名月の季節。俳人であるにもかかわらず、風流の席にもならず、自己主張に明け暮れ、「とかく事やかましく候ひてもはや飽き果て候、長居無用」、と嘆かせている。

心身ともに疲れ果てた芭蕉は、故郷へ帰り、土芳らと、ゆったりと風流の道を楽しみたいというのが本音だったかもしれない。

芭蕉の、この様な健康状態にもかかわらず、弟子達各々の句座が二十六日・二十七日・二十八日と連日開かれる。二十九日の夜から、激しい下痢になり、芭蕉が再起する事はなかった。

元禄七年九月二十三日付の土芳の手紙の外に、同日付けの兄半左衛門宛ての書状がある。そこには、健康回復と、二、三日中に帰郷の予定が書かれている。また、曲水宛てに、「おもしろからぬ旅寝」と、徒労の日々を訴えている。

十月十二日午後四時頃、芭蕉永眠。

旅に病んで夢は枯野をかけめぐる　　芭蕉

書き取ったのは呑舟（之道の弟子）であった。

土芳への手紙による、芭蕉の本音を知ることにより、一層に、芭蕉の壮烈な生涯を知った想いである。

猿蓑　越人　蕉門十哲

越智越人　越後生まれ、名古屋で紺屋を営む。

二人見し雪は今年も降りけるか　　越人

この句集「夜竈集」の詞書に、芭蕉は次のような一文を寄せている。尾張の十蔵、越人と号す。越後の人なればなり。粟飯、柴薪のたよりに市中に蔭れ、二日勤めて二日遊び、三日勤めて三日遊ぶ。性酒を好み、酔和するとき平家を謡ふ。これわが友なり。

句の内容は、「笈の小文」と呼ばれる旅の途中、名古屋に立ち寄った芭蕉が、杜国が罪を得て蟄居している事を聞き、そのお見舞訪問に同行した時の回想か。この天衣無縫は芭蕉が最も好むところ。芭蕉をして（これわが友）と言わしめた処が凄い。

猿蓑

冬

ちゃのはなやほるゝ人なき霊聖女（れいしょうじょ）

れいしょうじょ…唐の藤士の娘、生涯独身。

夏

ちるときの心やすさよ米嚢花（けしのはな）

一説、路通と別れる時の句。これでサッパリしたという意。前書きに別僧とある。

君が代や筑摩祭も鍋一つ

近江の国筑摩神社の例祭。女が契った男の数の鍋を持参する風習。君が代の時世に風俗が改まって鍋の数が減ったの意。

稗の穂の馬逃したる気色かな　　春

うらやましおもひ切時猫の恋

芭蕉は激賞している。煩悩を断つ事は至難の業。猫のように、時が来れば、さらりと、忘れてしまえるのが羨ましい。

几右日記

啼くやいとど塩にほこりのたまる迄

涙が乾いて塩になり、その塩に埃が溜まるほど泣き尽くす

越智越人　一六五八―一七三四

本名・十蔵、越後生まれ。名古屋で紺屋を営む。後年、尾張蕉門の重鎮といわれた。蕉門十哲にかぞえられている。

一六八四年（貞享元年）八月、芭蕉は、佛頂和尚との修行の日々を終えて、（本来無一物）の境地から、ほかに道なしの心境（幻住庵記）をスタート台として、俳諧探求の旅に出る。世に言う「野ざらし紀行」である。行脚餓死を覚悟の旅であったが、途中名古屋で荷兮宅に二か月滞在し、連日の俳席を持ち、野水・杜国・重五等若い旦那衆の知己を得た。越人の蕉門入りも、一六八四年という説があり、名古屋在住の紺屋ということからも、この時期であったと思われる。

一六八七年、世に言う「笈の小文」の旅で、芭蕉は、十一月四日、鳴海に宿をとり、四日間滞在、歌仙をまいた。その席で、杜国が罪を得て逼塞中と聞き、越人の案

内で、二十五里の旅をし、杜国が無事でいる事を知る。この旅の逸話。越人が馬上酒に酔い、落馬しそうな様子に芭蕉は、

雪や砂馬より落よ酒の酔

と一句した。
杜国に会えた翌日、杜国を連れて、芭蕉は伊良湖岬へ。そこで、

鷹一つ見付てうれしいらご岬

と詠んでいる。鷹を杜国に重ねると、この句の味わいが、一段と深まる。

この、「笈の小文」の旅は須磨・明石までの旅であったが、帰途、草津から岐阜に寄り、元禄元年（一六八八年）木曾路を経て江戸へ帰庵する、世に言う「更科紀行」に越人を同行している。越人は江戸まで同伴したという。

越人の句

霧晴れて桟橋は目もふさがれず　更科紀行
更科や三夜さな月見雲もなし
山吹のあぶなき岨のくずれ哉　春の日
花にうずもれて夢より直に死んかな
行燈の煤けぞ寒き雪のくれ
下々（ゲゲ）の下の客といはれん花の宿　あら野
雨の月どこともなしの薄あかり
はつ雪を見てから顔を洗けり
何事もなしと過行柳哉
あかつきをむつかしそうに蛙鳴
聲あらば鮎も鳴らん鵜狩舟
ちからなや麻刈あとの秋の風
よの木にもまぎれぬ冬の柳かな

月雪や鉢たたき名は甚之丞
君が春蚊屋はよもぎに極まりぬ

去来抄

猿蓑　北枝　蕉門十哲

焼にけりされども花はちりすまし

「猿蓑」春之巻の北枝の句。元禄三年の大火に、「庭の桜も炭になりたるを」と前書きして、「卯辰集」に収録された句。これに対し芭蕉の賛辞「やけにけりの御秀作、かかるときに望、大丈夫感心、去来・丈草も御作驚申斗に御座候。名歌を命にかへたる古人も候へば、かかる名句に御替被成候へば、さのみおしかりまじくと存候」。「この春加賀に大火で家屋敷そして桜も焼けてしまったけれど、花は散った後のことでよかったです」の意。それに対し「こんな名句ができたのですから、何の未練もな

いでしょう」と言う賛辞。（双方思い切った発想）

立花北枝　？—一七一八　生年不詳

加賀小松生まれ。後、金沢へ転居。兄牧童（俳人）と刀砥業。掲句のように、おおらかな人柄と言われている。当初は貞門派と言われている句風であったが、「おくのほそ道」の旅の芭蕉に会い、その句風に傾倒した。

「おくのほそ道」の旅の七月十五日、芭蕉と曽良は金沢に入った。金沢は加賀百万石の城下町、能、茶道、など、古典芸能の町であり、俳諧も既に隆盛であった。芭蕉は、この地の一笑という俳諧師に会うことを楽しみに来たのだが、去年亡くなっていた。その追悼句会の発句に

塚も動け我泣声は秋の風

と詠んでいる。金沢には八日間滞在した。その間入れかわり立ち代わり、俳諧を志す人が訪れ、これが、金沢に於ける蕉門設立の基礎となった。北枝は、この最初から、接待の先頭に立ったという。この時、北枝は芭蕉に新しい蓑を贈っている。その時添えて詠んだ句が、「猿蓑」巻末の「几右日記」に入集されている。

贈　蓑

しら露もまだあらみのゝ行衛哉

「しら露もまだ知らない新しい蓑が貴方様のお供をしてどんな所へ行くのでしょうか。私も何処までもついて行きたかった」の意。

芭蕉の「おくのほそ道」の「天龍寺・永平寺」のなかの一章。

又、金沢の北枝といふもの、かりそめに見送りて此処までしたひ来る。

所々の風景過さずおもいつづけて、折節あはれなる作意など聞ゆ。今既別に望みて、

物書て扇引さく余波（なごり）哉

扇子に描かれたのは萩の画。半分を北枝が持って帰った。

山中で曽良が腹を壊して、一人先に帰った。曽良の代わりのように、北枝は芭蕉に付き添って、ここまでついて来た。北枝は、まだまだ旅の最後まで、ついて行きたかったようだが、芭蕉がここで北枝を帰したのだとおもう。芭蕉はどうしても、次章の等栽に一人で会いたかったのだろう。後日、北枝の「やまなかしゅう」句にみられるように。

馬かりて燕追ひゆく別れかな　　北枝

燕は去りゆく芭蕉。北枝の「馬を借りてでも追いかけたい」という慕情。

「猿蓑」には一句入集している

焼にけりされども花はちりすまし

「続猿蓑」入集句の中から

一田づつ行きめぐりてや水の音

しぐれねば又松風の只をかず

その他

川音やむくげ咲く戸はまだ起ず

かまきりや引きこぼしたる萩の露

柿の袈裟ゆすり直すや花のなか

くる秋は風ばかりでもなかりけり

（芭蕉三回忌義仲寺墓前にて）

芭蕉の旅に同行中に得た話を、筆禄「三四考」「やまなかしゅう」「卯辰集」「喪の名残」などにまとめている。

度々金沢を訪れる各務支考と協力して、北陸蕉門の代表的人物として活躍した。そして加賀千代の時代へと繋がっていく。

猿蓑　蕉門十哲外　智月・羽紅　そして路通

「猿蓑」　智月尼　と　羽紅

世に言う芭蕉の湖南時代、物心ともに芭蕉を支えていた二人の女性門人がいた。智月と羽紅である。

・智月尼

「おくのほそ道」の旅を終え、芭蕉は曽良とも別れ、伊賀上野の実家へも立ち寄っただけで、十二月二十日、去来の落柿舎に入った。年の瀬には、後述の、智月尼を訪ねている。その時の句。芭蕉の

少将の尼の咄や滋賀の雪

に対し

あなたは真砂爰はこがらし

と、返したという。

智月尼は若いころ御所に勤めていた。「少将の尼」とは後堀河天皇の中宮に仕えた女性で、晩年尼になり仰木の里に隠遁した女性。その人になぞらえた優美な挨拶。その返し言葉も、まこと優雅で、かつ相性抜群のやり取りに思える。

こういう智月尼の「猿蓑」の句から

冬

見やるさえ旅人さむし石部山

乞食俳人路通の旅立ちを見送る句。

夏

ひる迄はさのみいそがず時鳥（ほととぎす）

麦藁の家してやらん雨蛙

やまつつじ海に見よとや夕日影

海とは琵琶湖のこと。つつじの夕映え、湖に映えた風景。

智月尼　一六三三―一七一八

夫の川井佐左衛門は膳所藩伝馬役。貞享三年夫に死別。蕉門の乙州は実弟で子のない川井家の稼業を継ぐため養子縁組をしている。乙州が家業で金沢に出張中、「おくのほそ道」の旅の芭蕉にあった。冒頭の、芭蕉の智月尼宅訪問は、乙州が招いたもの。乙州は、尚白に俳句の手ほどきを受けたが、これ以降、智月尼と共に芭蕉に入門した。「笈の小文」は、乙州が、生前の芭蕉より預かった書付や書簡をもとに編集したもの。(「笈の小文」は芭蕉自身で完成したものではない)

芭蕉の湖南滞在中の、物・心ともに、支えてきて、臨終時の世話、死装束、葬儀の手配まで、この一家でとり仕切った。

「猿蓑」以外の句

稲の花これを仏の土産哉
(猿蓑右京日記)

やまざくらちるや小川の水車

埼風はすぐれて涼し五位の声

ひるがほや雨降りたらぬ花の貌
年とれば声はかはるぞきりぎりす
御火焼の盆物とるな村からす
待春や氷にまじるちりあくた
鶯に手もとやすめむながしもと
わが年のよるとも知らず花ざかり

芭蕉提唱の〝かるみ〟の見事な実現。素直すぎるくらいに。〝わび・さび〟も。
以下私の独断であるけれども…。
「猿蓑」巻之四の巻末に、「望湖水惜春」として

行春を近江の人と惜しみける

巻之一が「初しぐれ」巻之四がこの句で締められている点に注目したい。近江の風

物という、古来おおくの人々に愛されて来たものへの賛歌であり、その風物に培われた人達への感謝でもある。それ以上に、智月尼も含めて近江の人への心からの愛と感謝を、中七のさりげない優しさの中にこめている。

羽紅

「猿蓑」で異彩を放つ凡兆の妻。自身もおおくの句を入集させている。出自については、記録が全く無い。元禄四年、剃髪して羽紅と号した。夫凡兆と共に京都に住む。元禄二年「曠野」に十三句入集している。芭蕉に会うまえに、かなり作句していたのか。心遣いの細やかな夫人で、「猿蓑」編集時には、落柿舎と、凡兆宅が、長期滞在の拠点になり、その細やかな心遣いに、芭蕉が感心した記録が残っている。凡兆が芭蕉を離れ、その後、罪を得て入牢した後も、赤貧の生涯を寄り添って全うしたと聞く。「猿蓑」から

冬

だまされし星の光や小夜時雨

寝る前は綺麗な星空だったのに夜半の時雨、この変わりよう。

霜やけの手を吹てやる雪まろげ
大としや手のおかれたる人ごころ

手のおかれたる―手出しができない。掴みようが無いの意か。

夏

入相のひびきの中やほととぎす

入相は日暮れ、ひびきは鐘。

縫物や着もせでよごす五月雨
夕がほによばれてつらき暑さ哉

季節の料理を夕顔汁という。

秋

迷ひ子の親のこころやすすき原
月見れば人の砧にいそがはし

春

はるさめのあがるや軒になく雀
桃柳くばりありくやをんなの子
笄もくしも昔やちり椿

尼になった今のこと

欄干に夜ちる花の立すがた

『源氏物語』「須磨の巻」の挿絵を見て

「猿蓑」以外の句

佛より神ぞとうとき今朝の春

春の野やいづれの草にかぶれけむ

羽紅の句には、夫の凡兆の句に似た出来映えがある。芭蕉の言う〝かるみ〟を的確に捉えている。「猿蓑」編集の手伝いをしている中で、句作の要領を覚えたか、句には、凡兆の作品に似た鋭さがある。

凡兆の蕉門離脱以後の俳句は、見当たらない。

猿蓑　路通

芭蕉の弟子の中でもひと際面白い人がいる。路通である。仲間にとっては迷惑至極。やる事が出鱈目だらけという。しかし、その句は洒脱で、味がある。
貞享元年（一六八四年）八月、芭蕉は、新しい蕉風俳諧の旗揚げをめざして、世に言う「野ざらし紀行」の旅に出た。

野ざらしを心に風のしむ身哉

東海道から伊勢、そして故郷の伊賀上野に立ち寄り、吉野山の西行法師の庵の跡を訪ね、近江を通り美濃に向かう。路通の入門は貞享二年春とあるから、この旅の途中、草津の宿に差し掛かった時に、乞食姿の路通に出会い、噂で、歌を詠む乞食の話を聞いていた芭蕉が、即席の作句を所望したところ、

露と見る浮世の旅のままならば
　　いずこも草の枕ならまし

と詠んだのに感銘し、俳諧の道を説き、弟子にした…と言われている。

路通の猿蓑の句（五句）

冬

鳥共も寝入てゐるか余呉の海

鳥を仲間のように感じている。

いねいねと人にいはれつ年の暮

其角の家にいつまでも居座るので、追い出された。

芭蕉はこの風情を

住つかぬ旅のこころや置火燵

としている。

秋

芭蕉葉は何になれとや秋のかぜ

芭蕉葉は師の芭蕉も暗示している。師の期待に応えられない自分の非才の嘆き。純情さが見える。

春

つみすてて蹈付がたき若な哉

若菜を摘んでは見たものの、その美しさに心が痛んだ。

彼岸まへさむさも一夜二夜哉

下五が、何でもないようで絶妙。喜びと言うか期待と言うか。
その一夜二夜が辛抱出来ない甘えも。

八十村路通　一六四九―一七三八

三井寺に生まれたという。出自についてはほとんど不明。芭蕉が草津で会った経緯について、詳しい記録は無いと聞く。私の独断だが、この時すでに坊主の格好ではなかったか。世に言う「乞食坊主」。それも一癖ある。あるいは、和歌を詠む乞食坊主がいるとの噂があり、芭蕉も聞いていて、それが出会いのきっかけになったかもしれない。芭蕉との出会いの後、江戸に下った。一説によれば、芭蕉に「おくのほそ道」の旅を勧めたのは、路通であったが、旅の直前、雲隠れしたという。元禄三年、芭蕉の旅をなぞるように、奥州の旅に出ている。元禄四年、季吟・其角・嵐雪等と、百人一句に参加し、評価され、一家を成した。その後、再々仲間内に迷惑をかける行為があって、破門された。元禄六年、芭蕉は曲水宛ての手紙で、路通が還俗したことを知らせている。またその翌年、芭蕉は死の床にあって、駆けつけて来た路通をそばに呼び、去来に、路通を見捨てないで、交わりを回復するよう頼んでいる。路通は享年九十歳の長寿であったという。

「猿蓑」以外の句を幾つか。

火桶抱ておとがい臍をかくしけり

拗ねているような姿勢が目にうかぶ。

水仙の見る間を春に得たりけり

この春は誰かのお蔭で落ち着いて水仙を楽しめる。嬉しい。

鴨の巣の見えたりあるはかくれたり

鴨の巣が波の間に揺れている。浮浪の私の生活そのままに。

きゆる時は氷もきえてはしるなり

去れといわれ、死ねといわれ、時がくれば消えてやるよ。氷のように。

我ままをいはする花のあるじ哉

「花のあるじ」をどう読むか。それを「春」と読んで鑑賞。「花の下で心が浮き立って我儘になってしまうのも、みんな、花の主の、春のせいなんです」。春の楽しさの、実に面白い表現。

路通の句は、じっくり読むと滋味が出てくる句風である。

「かるみ」の伝道者　猿蓑以降に育った哲人　許六・支考・野坡・惟然

「おくのほそ道」の旅のなかで、芭蕉は自分が目指すべき俳諧の道筋を発見した。〝かるみ〟〝あたらしみ〟という作句の基本理念である。当時の主流は、先人の作品から発句の発想を得て、自分の作句に転用する等、それによる面白さを競う、知恵比べ、教養比べ、言葉遊びが主流であった。〝かるみ〟は日常つかっている、子供にも理解できる言葉遣いで、詩の世界を表現し、〝あたらしみ〟は自分の心にその瞬間に生まれた自分独自の世界を言葉で創造してみせる独創性・独自性という事である。談林派俳諧になじんだ旧人には、かるみは理解できても、あたらしみには、戸惑ったのではなかろうか。古い俳人の拒否反応は強く、離反者が多かった。

この〝かるみ・あたらしみ〟の概念を、入門時から濃厚に浴び、理解し、それを生涯に亘って布教し続けた人達がいる。許六・支考・野坡そして惟然である。蕉門十哲の内に数えられている。

森川許六　蕉門十哲

森川許六　一六五六―一七一五

彦根藩　三百石取の大身　森川與次右衛門の子として誕生。二十一歳で伊井直澄に仕官。槍術・剣術・馬術・書道・絵画・俳諧の六道の名手として知られた。ここから芭蕉が「許六」の号を与えたと言われている。

俳諧は、はじめは北村季吟の手解きを受けている。一六八九年（三十三歳）父隠居の後をつぎ当主となってから、本格的に俳諧を志し、江差尚白の門下となる。一六九一年（元禄四年）江戸下向の折、其角・嵐雪の門をたたき、元禄五年秋、深川に芭蕉を訪ね、門人となる。入門に際し許六が詠んだ句

十団子も小つぶになりぬ秋の風　（続猿蓑）

は、芭蕉がわが意を得たりと、激賞したと言う。

許六が入門したのは、「猿蓑」完成後であるので、「猿蓑」には入集していない。俳諧は芭蕉が教え、絵は芭蕉が許六から教わったという。元禄六年五月、近江へ帰ることになり、別れの挨拶に行ったときに、芭蕉が与えた惜別の言葉が、有名な「柴門の辞」（後記）である。この文は、芭蕉の許六に対する信頼と期待に満ちており、芭蕉が目指す志の高邁さを示している。許六が直接、芭蕉の教えを受けたのは、生涯この

六か月足らずであった。この短期の子弟関係にもかかわらず、後年蕉門の十哲と称される業績を残した事は、許六の人並み外れた洞察力と実践力の賜物である。芭蕉が原案を作り、支考が編集した「続猿蓑」には入集している。その中から。

十団子も小粒になりぬ秋の風
大名の寝間にもねたる夜寒哉
出がはりやあはれ勧る奉加帖
蚊遣火の烟のそるるほたるかな

その他の句集から

寒菊の隣もあれや生け大根
涼風や青田のうへの雲の影
新藁のやねの雫や初しぐれ
もちつきや下戸三代のゆづり臼

はつ雪や先馬やから消そむる
水筋を尋ねてみれば柳かな

芭蕉の許六への書簡がのこされている。第三次芭蕉庵で対面したのが、元禄五年十月と思われるが、多分その直後の、十月二十五日付より、十一月一通　十二月四通　六年一月一通　三月二通　五月一通　十月一通　七年二月一通　六月二通と。頻繁である。元禄六年五月、帰郷の許六への送別の辞。

「柴門の辞」
去年の秋かりそめの面を会はせ、今年五月の初、深切に別れを惜しむ。その別れに臨みて、一日草扉をたたいて、終日閑談をなす。その器、絵を好む。予、試みに問ふことあり。「画は何のために好むや」「風雅のために好む」と言へり。「風雅は何のために愛すや」「画のために愛す」と言へり。その学ぶこと二つにして、用いること一なり。まこと可感にや。「君子は多能を恥ず」といへれば、品二つにして用一なること可感にや。画はとって予が師と、風雅は教へて予が弟子となす。されども、師が画は、精神徹に入り、筆端妙をふるふ。その幽遠なること、予が見るところにあらず。予が風雅は夏炉冬扇のごとし。衆に逆ひて用ゐるところなし。釈阿・西行の言葉のみ、かりそめ言ひ散らされしあだなる戯れことも、あはれなる所多し。後鳥羽上皇の書かせたまひし物にも「これらは歌に実ありて、しかも悲しびを添ふる」と宣ひ侍りしとかや。さればこの言葉を力として、その細き一筋をたどり失ふことなかれ。なほ「古人の跡を求めず、古人の求めしところを求めよ」と南山大師の筆の道にも見えたり。「風雅もまたそれと同じ」と言ひて、火燈をかかげて柴門の外に送りて別るるのみ。

元禄六年夏末　　　　風羅坊芭蕉

許六が芭蕉に会ってから、十か月後の、この二度目の対面が別れの時であり、これが永遠の別れとなった。その間に十四の書簡往復をしている。この最後の別れに与えた一文が「柴門の辞」である。そこには、弟子に対する敬意と優しさから始まり、古人の物まねをするな、心を汲み取れと、俳諧の道の極意をのべている。半年ばかりの弟子に対して、この真摯さ簡潔さ、過不足の無さ、感銘ふかい。文章の流れも流麗かつ繊細。余分な飾り言葉も無い。芭蕉の許六に対する誠実な真心が、伝わってくる。名文とおもう。

許六は、芭蕉の死後、彦根明照寺住職で芭蕉門人の河野李由と俳書「諸塞」「蕉風彦根躰」を共同編集、また、俳文集「風俗文選」全十巻を編集するなど、近江蕉門のまとめと発展に功績大であった。

一七一五年　籟病にて死去。

各務支考　蕉門十哲

各務支考　一六六五―一七三一

現在の岐阜市出身。幼少で父を失う。禅刹・大智寺の小僧として育てられる。のち、姉の嫁ぎ先、各務甚平の養子となる。十九歳で還俗した。元禄三年入門とあるから、支考二十五歳、芭蕉が「おくのほそ道」の旅を終え、いわゆる湖南時代に、「猿蓑」の編集等、最も充実した時代に入門した事になる。ただし、「猿蓑」には、支考の句は見当たらない。芭蕉は去来への書簡で、各務支考の癖のある人柄についてこぼしているが、湖南時代を終え、元禄四年年末に、再び江戸へ東下したときには、支考を同伴している。支考は、はじめての江戸でも、自分も含めて、蕉門の業績を誇大に言いふらし、周囲の顰蹙を買うことになる。この頃より、芭蕉は〝かるみ〟について提唱し始めている。翌元禄五年春、支考は奥羽行脚の旅に出た。「続猿蓑」の編集には支考は主役となり、世に認められる契機となった。芭蕉臨終のとき、遺言の書き取りを任されたのも支考であった。この癖のある人柄を、芭蕉はそれ故に、愛したのかもしれない。入門以来、常に芭蕉の身辺につかえた様子がみえる。芭蕉の提唱する〝かるみ〟について、支考が最も影響をうけたとも考えられる。

〝かるみ〟とは「日常の身近なものに素材をもとめ、平明な表現のなかにも高雅な情を詠みこむ」こと。後年、支考が展開した〝かるみ〟には、「高雅な情」が欠落した傾向が見られる。しかし、対象が、古典文学芸能に相当な素養のある人ならともかく、一般大衆を対象に俳諧の普及を考えれば、事の始めからそこまでの要求は出来まい。始めは私も、支考の泥くさい理論と実践に不満を感じたが、段々と肯定出来るようになった。支考の根底には、芭蕉の教えに心底忠実な心があった。広範囲な俳諧行脚を見ても。

芭蕉の死後、支考は、東西に行脚。九州・中国・四国・北陸と、芭蕉を上回る旅路を重ね、美濃派と言われる一大勢力を作った。「続五輪」「俳諧十論」等著書があり、俗論、平話を俳諧の要諦とする俳諧理論を展開し、これが一般大衆に受けたため、多くの参加者を得たが、俳諧の低俗化を招いたという評価もある。

一七一九年支考五十四歳にとき、金沢で十七歳の加賀千代に会い、子弟の縁を結んだ。

支考は後年、蕉門十哲に数えられている。

昔、仕事の関係で、松山市内で、接待の酒席を設けたときの事。宴酣で、お客から、即席の一句を披露されたことがある。四国松山では、それが通常の事との話であった。正岡子規を生んだ文化的風土であろうか。その源流をたどれば、支考に行きつくかも知れない。子規の提唱で喚起された現代俳句の隆盛を考えると、これも蕉門の流れかと思う。

各務支考は怪物である。終生俳諧行脚に身を置き、著書等も六十編ちかく、夥しい作句と多数の弟子を生んだ。西国・九州・四国・北陸への行脚は、大坂で客死しなければ、芭蕉も志していた事であろう。ただ、残念ながら、芭蕉のいう〝わび・さび〟の世界については、若い頃の支考には、理解し切れていなかったのではなかろうか。生涯を、法体行脚で通したこと、俳諧の普及に傾けた情熱など、芭蕉の遺志を必死に繋いで行こうとする姿とも考えられる。

続猿蓑から数句

賭にして降出されけりさくら狩

うき恋にたえてや猫の盗喰

涼しさや縁より足をぶらさげる
煮木綿の雫に寒し菊の花
ひとつばや一葉一葉の今朝の霜
余所に寝てどんすの夜着のとしわすれ
はつ瓜や道にわずらふ枕もと

各務支考の数多い句の中から数句

念仏と豆腐とふとし老の春
ちりぢりに春やぼたんの花の上
水澄んで籾の芽青し苗代田
苗しろを見てゐる森の烏かな
椿踏む道や寂寞たるあらし
馬の耳すぼめて寒し梨の花
此市に浅香の沼の田螺うれ

鶯もやせてや木曾の雪の果
花書よりも軍書のかなし吉野山
娑婆にひとり淋しさ思へ置き炬燵
牛叱る声は鳴たつ夕かな
山の端の月見や岐阜は十三夜
船頭の耳のとうさよ桃の花
うらやましうつくしうなりて散る紅葉
気みじかし夜ながし老いの物狂ひ

後半の句は老境を迎えての句か。さすがに落ち着いて味わい深い。ここに到って〝わび〟の境地が見える。苦い人生の到着点の姿。

加賀千代　一七〇三－一七七五

加賀の国松任町の生まれ。表具師福増屋六兵衛の娘。十二歳の頃、奉公先の岸弥左衛門より俳諧を学ぶ。十六歳で、女流俳諧師として頭角を現す。十七歳の時、各務支考の北陸行脚にであい、弟子入りをした。生涯千七百句を残したと言われている。五十二歳で剃髪し、素園を称した。七十二歳の時、与謝蕪村の「玉藻集」の序文を書く。

加賀千代の句抜粋

春

閑かさは何の心やはるのそら
春風やいろいろの香をそそのかし
春風やうつくしうなる物ばかり
春風やふるにもあらずふらぬにも

夏

浮草や雨のふる日もふらぬ日も
風毎に葉を吹き出すやことし竹
結ぶ手にあつさをほどく清水哉
水影のもろもろ涼し夏の月
すずしさや手はとどかねど松の声

秋

朝顔につるべ取られてもらい水
笠を置とところ見ありく花野哉
月の夜は石に出て啼きりぎりす
蘭の香や手にうけて見るものならば

冬

美しう昔をさくや冬ぼたん
こがらしやすぐに落着水の月

はつ雪は松の雫に残りけり
独り寝のさめて霜夜をさとりけり

千代の辞世句

月を見て我はこの世をかしく哉

かしく―かしこ、さよなら。

野坡（やば）　蕉門十哲

志田野坡　一六六三―一七四〇

越前・福井の商家、江戸に出て、越後屋両替商の番頭となる。当初、其角の門弟であった。「笈の小文」の出発時の、送別句があるので、一六八七年以前、野坡二十歳前半の頃と推定される。元禄六年、「猿蓑」を刊行した芭蕉が、再度、江戸へ帰り、深川芭蕉庵を開いたところへ度々訪問し、直属の門下生となったとおもわれる。この時期は、芭蕉が「おくのほそ道」を仕上げていたときでもある。また〝かるみ〟の提唱を、熱心に展開していた時期でもあった。後世「野坡本」と呼ばれる、芭蕉自筆の「おくのほそ道」の原稿本の入手ルートも、野坡の芭蕉への密着度の高さにあったと言えよう。

「おくのほそ道」野坡本について。

平成八年十一月、ＮＨＫで芭蕉真筆の「おくのほそ道」原稿本が発見されたと放送された。「野坡本」である。真偽について検討された結果、芭蕉の自筆原稿であると鑑定された。芭蕉特有の数度に亘る推敲が、紙を幾層にも貼り重ねる事で行われ、文字遣いにも、芭蕉の長所短所が出ている。これを柏木素龍の手で清書され、芭蕉の死後、門人の去来に引き継がれたのが、「おくのほそ道」である。この「おくのほそ道」

も、いろいろな人に転写されて、世に広まる過程で、誤写など生じていた。「野坡本」は、「おくのほそ道」完成直前の原稿本であり、推敲が何重にも貼り付けられるなど、芭蕉本来の考え方がたどれて「おくのほそ道」最終原稿本として、芭蕉研究上貴重な資料となっている。

野坡は元禄七年「炭俵」の編集を担当し、俳人としての地位を確立した。この句集における野坡の句は、芭蕉の言う〝かるみ〟の見本となり得るものが多い。

元禄十四年、越後屋を退職。俳諧師を志して、大坂へ転居。中国・四国・九州と俳諧行脚した。「野翁行状記」には、「門人千人」と記されている。「万句四季之富士」「放生記」「野坡吟草」等。〝かるみ〟普及の功績者と評価されている。

句例

朝霜や師の脛おもふゆきのくれ　（笈の小文の旅　芭蕉出発時）

麦畑や出ぬけても猶麦の中　（芭蕉最後の旅立ちの見送り）

ちからなや膝をかかえて冬籠　　（芭蕉の死の報をきいて）

以下「麦俵」

さみだれに小鮒をにぎる子供哉
小夜時雨となりの臼は挽きやみぬ
みなみなに咲そろはねど梅の花
うぐいすや門はたまたま豆腐売
はき掃除してから椿散りにけり
子規（ほととぎす）顔の出されぬ格子哉
行雲をねてゐてみるや夏座敷
人声の夜半を過ぎる寒さ哉
年のくれ互にこすき銭づかい
盆の月ねたかと門をたたきけり

芭蕉の〝かるみ〟の精神が、見事に生かされている。去来の句に似た格調がある。

惟然　蕉門十哲

広瀬惟然　一六四八―一七一一

美濃国（岐阜市関町）の酒造家の三男に生まれた。通称・源之丞、素牛、風羅坊・湖南人、梅花人。十四歳で名古屋の商家・藤本家に養子となる。一六八六年三十九歳で妻子を捨てて出家。一六八八年四十歳の時、芭蕉が「笈の小文」の旅を終えて岐阜に逗留した時に面会、入門した。芭蕉が「おくのほそ道」の旅を終え、大垣に帰った時には出迎えている。

元禄三年、去来・凡兆と「猿蓑」を仕上げていた芭蕉を、京に訪ね来て、そのまま近侍となった。「猿蓑」には入集句は見当たらない。三年後に発行された「続猿蓑」には多数入集している。その中より

「続猿蓑」より

酒部屋に琴の音せよ窓の花

窓ごしの花見の酒宴、琴の音があれば申し分なし。

無花果や廣葉にむかふ夕涼み

いちじくの木を前に、ゆったりと夕涼み。

水仙の花のみだれや藪屋しき

荒れ果てた屋敷の庭に手入れされないままの水仙花。

この時期は、芭蕉が〝かるみ〟を熱心に提唱していた時期であり、支考や野坡と同様、その洗礼を浴びたと想像する。芭蕉没後、この三人は、かるみ路線の推進者として活躍する事になる。上記の句も好例かと。

元禄七年（一六九四年）芭蕉五十一歳、生涯最後となる大坂への旅に出る。途中に、京の改築されたばかりの、去来の落柿舎に逗留する、支考・丈草・惟然も集まり、大坂から酒堂もきて、賑やかな集会となった。芭蕉は、支考が届けた「続猿蓑」の発行を決め、六月二十八日には、野坡が編集担当の「炭俵」の発行も決めている。九月八日、大坂へ旅立つ芭蕉に、惟然と丈草がお供をした。

元禄七年十月十二日　芭蕉は弟子達に見守られながら、生涯を閉じた。

芭蕉の死後、惟然の日本全国に及ぶ長い放浪の旅が始まる。元禄八年は九州、翌九年は、「おくのほそ道」の行程を逆まわり、北陸・越後・象潟・仙台。元禄十一年に江戸に入り、深川芭蕉庵で蕉門弟子と会う。更に、三河から東海道を上り、北陸へ。

元禄十五年には、播州・備州を巡り、伊丹へ。

翌宝永元年に四国は讃岐へ。

宝永二年、故郷の美濃に帰り、定住。

この長旅のあいだ、各地での句を残している。心の赴くままに、さらりと詠んだ句が多い。

旅を重ねるに従って、読む人に抵抗感を全く感じさせない句風になって行く。

軽妙洒脱、風狂の中に清貧を楽しむ句風と言えるか。更には口語調を強め、無季句へと。当然格調を重んじる許六等の非難を浴びる事となる。

句例
梅一輪赤いは赤い赤いわさ
蜻蛉や日は入りながら鳰のうみ
山吹や水にひたせるふまし麦

蚊ののらぬ所までいざ涼み舟
夏の夜のこれは奢ぞあら莚
張残す窓に鳴入るいとど哉

更に口語調の　わらべ唄風へと変化する。

水鳥やむかふの岸へつういつい
水さつと鳥よふはふはふうはふは
きりぎりすさあとらまへたはあとんだ

後年の、一茶を思わせる。一茶も四国・中国地方の旅で開眼したという。
風流人には、半ば狂気の人がある。惟然のもの狂いめいた行動が、意志的なものか、生来のものかは、色分けはむつかしい。三十九歳で妻子を捨て、浮浪の人生に入ったことも尋常ではないが、晩年、庵を結んで落ち着いたところをみると、一概に狂気とは言えない。

この旅での惟然は、ある時期は全く乞食であったとか、食い逃げを句に詠んだとか、蔑む人もある。知人のいない異郷を旅すればそうなる。芭蕉も、行脚餓死は本望を日常の柱に据えていた。

芭蕉に心酔し、密着していた惟然としては、その心境を目指していた現れとも考えられる。口語調句も、〝かるみ〟を追い詰めて行けば、当然到達するテーマではある。話し言葉の導入を試みたことは、大変勇気のいる事であったと思う。

乞うて喰ひ貰うてくらひ、さすがに年の暮ければ
めでたき人の数にもいらん年の暮　　芭蕉

めでたき人―浮世の決まり事を離れた自由な人―乞食のこと
数にも入らん―仲間の一人と思われている事だろう

芭蕉も元禄四年暮、密かに江戸へ帰り、翌五年五月、第三次芭蕉庵が弟子達の手で出来るまで、「めでたき人・乞食」をしていた。

惟然は、芭蕉が、本当の希望であって辿れなかったいま一つの道を辿ろうとしたのかも知れない。惟然は本来無一物を理想とした芭蕉に一番近い人とも。

晩年は庵を建て定住した。享年六十三。住居は今も、関市に「武蔵庵」として保存されている。

第三部

芭蕉考察

芭蕉の特定の作品についての考察

遊行柳　考

田一枚植て立去る柳かな

「おくのほそ道」「殺生石・遊行柳」の一節の句である。この節の始まりを又、清水ながるるの柳は蘆野の里にありて、田の畔にのこる。と表現しているので、この柳は西行法師の名歌

道のべに清水流るる柳陰しばしとてこそ立ち止まりつれ

の柳をさしている。ところが、「おくのほそ道」で案内された柳は　清水流るる柳の風情はなく、田圃の畔に立っているただの柳であった。蕪村も後年、ここを訪れて神無月はじめの頃ほい、下野の国に執行して、遊行柳とかいへる古木の影に目前

の景色を申出はべる

　　柳ちり清水かれ石ところどころ　　　　蕪村（反古衾）

とある。季節の違いはあるにしても、西行の歌との落差が大きい。芭蕉の案内された柳は、西行の詠んだ「清水流るる」の柳と、あまりにも違いすぎた。

芭蕉はこの句を次のように推敲している。

①水せきて早稲たばぬる柳陰
②水せきて早稲たばぬる柳哉
③田一枚植て立去ル柳かな

最初の二句は、西行の柳を面影にして、その風景の写生を試みたように見える。案内してくれた土地の人への挨拶句として。しかし、西行の　清水流るる柳　との落差が、あまりにも大きすぎるため推敲の結果、③の観世の「遊行柳」という幻想の世界の柳の表現に、最終的には切り替えたという事ではないか。推敲は、①の上に②を糊で重ね、③を更に重ねる方法で行われている。一般に信じられている、西行の「道のべに清水流るる柳陰」の柳が、必ずしもこの地に存在したという根拠はなく、かつ観世信光の謡曲「遊行柳」の舞台設定も、歌枕としてロマン色の高い「白河の関」を創作上の舞台設定として選んだだけとも考えられ、謡曲「遊行柳」という、能の世界での、虚構の世界の柳であるから、「田一枚植えて立ち去る人」は、多くの研究者が言う早乙女ではなく、芭蕉自身でもなく、謡曲「遊行柳」で、朽木柳の魂を救済した遊行上人（開祖一遍上人）であり、上人の霊が乗り移った柳と受け止めるのが自然でしょう。

時宗の祖一遍上人は、佛の功徳を説くにあたって、寺院を持たず、遊行先の民衆と生活を共にし、田を植え、稲を刈り、共に踊りをおどって、ひたすら念仏を唱えさえすれば、極楽往生できると説いた。遊行上人とよばれた所以である。このスタイルは二代までである。この方式で布教を拡大し、教団を維持するのは、僧侶の人数、布教上の効率、信者の確保など限界が見えて来た。三代以後は、寺を作り、土地定着型の在家僧になった。時宗総本山の、現代の、藤沢市にある遊行寺は、四代を開基とする時宗の総本山である。遊行上人と呼ばれるのは、開祖一遍上人と、二代真教上人までである。真教上人が東北地方を遊説したという記録は残されていない。
「おくのほそ道」の「遊行柳」は、一遍上人が田を植えながら佛の道を説き、朽木となった柳の魂を救済して去り、その魂魄が柳に残ったという、能の幻想上の柳である。

謡曲「遊行柳」由来

西行法師は大変桜を愛した。京都・大野原に、西行の庵があり、西行手植えの桜が美しく、花の名所となり、多くの人が訪れるようになった。

願わくば花のしたにて春しなむその如月の望月のころ

しかし、心なき訪問者によって、心を乱される。

花見んと群れつつ人の来るのみぞあたら花の咎にはありける

折角の閑寂な住まいも、花のせいで台無しではないか。と嘆いた。この二歌を舞台にして、世阿弥（一三六三～一四四三）が作ったのが、謡曲「西行桜」である。西行が桜の下で転寝をした時、老桜の精が現れ、「桜に罪はない。ただ咲いているだけではないか」とさとし、舞を舞う。そこで西行は目が覚めた。

この世阿弥の西行桜の世界に強い刺激をうけて、同じく西行の

道のべに清水流るる柳陰しばしとてこそ立ち止まりつれ

という、世にも美しいうたの世界を舞台にして展開したのが、観世信光（一四三五～一五一六　世阿弥の甥）晩年の作「遊行柳」である。

遊行柳

諸国を布教活動で回る遊行上人が、陸奥白河の関を越えたあたりで、一人の老人に声をかけられ、朽木柳（昔、西行の歌に謳われた名木）に案内される。上人が、今は枯れ果て朽木になった柳に念仏を唱えると、柳の陰より柳の精が老人となって現れ、昔、美しかった時を懐かしみ、己も景色も枯れて荒れ果てた今をなげく。上人の念仏の念力により、忽ち、朽木の柳や、草木まで甦った。老人は報謝の舞をまい、柳の陰に消える。

「今は荒れ果てているが昔西行が」というくだりで始まる。この朽木柳というのは、観世信光が、謡曲「遊行柳」の舞台上の趣向として設定したものであって、必ずしも、西行の歌の柳の実在を裏付けるものではない。

西行一代記（鎌倉時代　作者不詳）によれば、この歌は、西行が　北面の武士　時代、鳥羽院の障子に描かれた柳の絵に、画賛として詠んだものとされている。若くして、歌の才能豊かな西行は、昇殿を許されるほど寵愛されたと言われている。また、出家したのも、貴妃への恋が動機と、一説にある。この歌の雅、「しばしとてこそ立ち止まりつれ」という叙情性からして、写生を超えた想いが感じられる。西行が、東国を旅したこと（一一四四及び一一八六年）は事実ではあるけれども、世に言う、この柳が、西行の歌枕という確証はない。西行の歌枕であり、かつ、観世信光作の謡曲「遊行柳」として実在していたことを裏付ける柳であるという主張には無理がある。

遊行宗とは、時宗のことで、開祖は一遍上人（一二三九―？）で、特定の寺院を持たず、ひたすら全国を遊行し、民衆と、共に田を耕し、生活を共にしながら、極楽往生の教えを説いた。たとえ佛を信じられない人でも、念仏を唱えておれば、救済されると云う教義である。

一遍上人と遊行寺

一遍上人は伊予の国の豪族、河野通廣の次男で、陸奥稲瀬にある祖父通信の墓参に訪れ（一二八〇）、松島、平泉、常陸、武蔵国を遊説した記録がある。

藤沢市に遊行寺という、時宗総本山（清浄光寺）がある。四代上人呑海が一三二五年に開山したもので、時宗では、それまで寺を作らなかった。他の宗派と違って、難しい教義はなく、ひたすら念仏を称名すれば、成仏出来るという教えである。寺を持たず、各地を説いてまわり、労働を共にしながら布教した。しかし、寺を建て、人を集めて布教するのでなければ、宗派を維持できないのが、現実であった。

「おくのほそ道」「敦賀」に

…往昔、遊行二世の上人、大願発起の事ありて、みづから草を刈り、土石を荷ひ、泥渟をかはかせて、参詣往来の煩なし。古例今にたえず。神前に真砂を荷ひ給ふ。「これを遊行の砂持と申し侍る」と亭主のかたりける。

月清し遊行のもてる砂の上

とある。

初期遊行僧の、この清冽な生き様に、芭蕉が強い共感と尊敬の念を持っていたことは間違いない。

芭蕉が案内された柳が、世に言う「西行の柳」という特定を誰が言い出したかは明確ではない。しかし、観世信光の謡曲上の「遊行柳」の世界として見れば、納得出来る。「遊行宗開祖一遍上人が、土地の人と田を植えながら、極楽往生を説き、朽木柳を再生させ、立ち去った、その遺徳の象徴をこの眼前の柳に見た心地がする…」であれば、納得出来よう。田を植えて立ち去るのは遊行上人であり、「上人の魂魄が宿る柳」である。柳は上人の遺徳により、朽木から生き返り、永遠の生命を得た、「上人の魂魄が宿る柳」という事ではないでしょうか。芭蕉が、「おくのほそ道」のこの章の表題に「遊行柳」と置いたのも、この謡曲「遊行柳」を連想させる含みだと思う。。

「おくのほそ道」は単なる紀行文ではない。詩である。芭蕉の夢の世界である。そこが魅力の源泉になっている。当初の①②では満足できず、「おくのほそ道」原稿仕上げの最終の推敲段階で、③に置き換えたとおもう。句の構想のずれに、作句された時間のずれを感じる。この「柳」は観世信光の、謡曲「遊行柳」という幻想の世界に成り立っているものであるから、日常の物差しで鑑賞してはならない。

追記

謡曲「遊行柳」が、観世信光の創作上の世界であるから、その現実性（歴史的な事実関係）を追求するのは野暮かもしれないが、一応、事実について、確認してみた。一遍上人が東北地方を布教した事は記録にある。また、田を耕すなど、日常生活を共にしながら衆生済度の道を説き、「遊行上人」と呼ばれたのは、二代上人真教までといわれている。時宗は、教祖一遍上人が亡くなったとき、衰退を危ぶまれる時期があった。それを立て直したのが、真教（二代遊行上人）である。「おくのほそ道」「敦賀」の「みずから土石を運んだ」のは真教上人である。時宗はその後、寺を持ち、在家の宗派となる。寺を持たない、人を集めないでは、教団を維持できない。二代遊行上人は、越前、加賀、越中、関東と布教を重ね、最後は相模の国で、生涯を閉じた。廟は藤沢市の無量光寺である。二世真教上人が東北地方にまで足を運んだという記録はない。「おくのほそ道」「敦賀」の、田を植え、柳に遺徳を残した僧のイメージの原型は、一遍上人であるという根拠はそこにある。

「遊行柳」は、観世信光が描いた謡曲上のロマンの世界のことで、現実の事象に当て嵌めるのは無粋の極みである。芭蕉はその事を「田を植え」「命を再生し」「立ち去った柳の精」とした。田を植えたのは文面通り「柳」とするのが自然であるが、どうしてもとなれば、この謡曲「遊行柳」の主役である「一遍上人の精」ということか。それ以外の人物の登場は、芭蕉が表題に「遊行柳」と設定した意に反するのではないだろうか。

柳の木は、一見、肩を落とし、腕を垂れ、疲れたもの憂い印象がある。植えて立ち去る印象的な画面が目に浮かぶ。

むざむやな甲の下のきりぎりす　考

此所、太田（多太）の、神社に、詣。真盛（実盛）が、甲、錦の切あり。其昔、源氏に、属せし時、義朝公より、たまハらせ給ふとかや。げにも、平士のものに、あらず、目庇より、吹返しまで、菊から艸の、ほりもの、金をちりばめ、龍頭に、鍬形打ったり。真盛（実盛）、討ち死の後、木曾義仲、願状にそへて、此社に、こめられ侍るよし、樋口の次郎が、使せし事共、まのあたり、縁起に、みえたり

むざむやな甲の下のきりぎりす

「おくのほそ道」の一節。『平家物語』に、昔源氏の武将であった斎藤実盛が、此の度は、平家の武将として、源氏の、木曾義仲の軍勢と戦い、討ち死する。その時着ていた甲が、あまりにも、立派なものであり、木曾義仲自身にも、この人物の面影に、記憶があるような気がして、樋口次郎に検分させたところ、斎藤実盛であると分かっ

た。木曾義仲は、源義朝に敗れた源義賢（義朝の弟）の子で、見付かれば殺されるところを、当時源義朝の武将であった斎藤実盛が、ひそかに木曾へ逃した。実盛は、義仲の命の恩人。それと分かって、義仲は実盛の首を抱いて、泣き崩れたという。「樋口の次郎が使せし事共、まのあたり」と本文にあるところから、この首検分での、義仲、樋口次郎の悲嘆の場を、義仲贔屓の芭蕉は、身につまされる想いで、思い浮かべていたと想像できる。

この句の、「むざむやな」は、歌舞伎などで、樋口次郎が、実盛と気付き、最初に発する「あな、むざむやな」である。単に死者を見て、無残と言ったのではない。戦の最中、首などごろごろしている。かつての命の恩人と、この様な形で逢わなければならない運命のむごさを嘆いた言葉であろう。そして、人の命の儚さを。

また、「猿蓑」巻之三に

加賀の小松と云處、多田の神社の宝物として、実盛が菊から草のかぶと、同じく絹のきれ有。遠き事ながらまのあたり憐におぼえて

むざんやな甲の下のきりぎりす

とある。上五は、「去来抄」に「行脚の内にも、あなむざんやな甲の下のきりぎりすといふ句あり。後にあなの二字を捨てらる」とある。

この句の鑑賞で、この痛ましさを、きりぎりすが鳴いていると、とってしまうと、イメージがきりぎりすの鳴き声に移り、「無残」ではなく「もののあわれ」になってしまう。芭蕉は「無残」と言っているのであり、「もののあはれ」よりもっと、激しいものを意味すると思う。上五・中七と大きい詞を詠み込んだ、これは外せない。残った下五には季語を入れなければならない。しかも句意全部を引き受けられるものでなければならない。となれば、「きりぎりす」以上の言葉はない。きりぎりすは実盛の命そのものであり、命の儚さの象徴でもある。

芭蕉の湖南時代の句に「きりぎりす」を下五に使った句がある。

白髪ぬく枕の下やきりぎりす

この句も、「きりぎりす」が、どんな種類の虫か、どんな風に鳴いたかを特定しない方が、真意に辿り着きやすい。芭蕉は、かなり象徴的な位置付けで、この言葉を使っているのではないか。ほんのひと時で消えてしまう命の儚さを象徴するものとして「きりぎりす」という。掲句も「枕の下できりぎりすが鳴いている」と鑑賞してしまうと、単なる「もののあはれ」になり、この句のもつ切迫感は浮かんでこない。

芭蕉の基本理念に、〝わび〟〝さび〟〝かるみ〟と、〝しほり〟等がある。「きりぎりす」の使い方は、このしほり（撓）に近いのではないか。去来のいう「しほりといふは、趣向、詞、器の哀憐なるを言うべからず。しほりと簾なる句は別なり。ただうちに根ざして外にあらわるるもの也。言語筆頭をもっては、わかりがたからん。強いてこれをいはば、しほりは句の余情にあり（去来抄）」余情とは、その言葉から喚起される情緒、イメージをいう。

これに近い句に

此秋は何で年寄る雲に鳥

の雲に鳥の使い方。芭蕉はこの「雲に鳥」という下五に辿り着くのに、相当苦吟したと伝えられている。この五文字は　呼びかけである。しかも、この五文字が、この句の命でもある。この下五を言葉で説明するのは難しい。雲が年寄るわけがない。雲も鳥も、芭蕉の分身である。「雲よ鳥よ、同じ流離う仲間よ、この秋になって、なぜそんなに年とってしまったのだ」このフレーズがこの句の哀感を際立たせている。年寄ったのは芭蕉自身。この句を作った翌十月にあの世へ旅立ってしまう。雲も鳥もさすらうものの象徴。雲や鳥が年寄りになってしまったと嘆くことで、おのれの老の嘆き、切なさを鋭く表現している。〝しほり〟とは、感覚として受け留めるもの。説明は真意を逃がす。

病雁の夜寒に落ちて旅寝かな

旅の途上で寝込んでいるのは芭蕉。しかし、おのれを「落雁」にみなすことで、旅に病む孤独感が、深く漂う。この句が創られたのは、元禄三年九月頃、近江の堅田で、風邪をひき、十日ほど寝込んだ時のこと。近江八景に堅田の落雁がある。旅に病んだ自分を堅田の落雁に重ねた。この絶妙さ。

芭蕉のいう〝わび〟〝さび〟〝ほそみ〟〝しほり〟に厳密な意味での区別が、あるだろうか。相互に混じり合う領域である。強いて言えば、〝わび〟は「もの」に共通する世界、〝さび〟は、対象物の個性に関わる領域。どのニュアンスを汲み取るかは、読み手にかかっている。

「甲の下の　きりぎりす」も、「枕の下の　きりぎりす」も、同じきりぎりす。儚い命のシンボルとしてのニュアンスが濃い。象徴的な映像として鑑賞した方が、句をより深く、直接的に、味わえるのではないか。一般に鑑賞されている「甲の下で鳴いているきりぎりすに、もののあはれを感じた」と鑑賞すると、「むざむやな甲の下」まで来た切迫感がしぼんでしまう。「きりぎりす」を命の儚さの象徴として受け止め、「むざむやな甲の下」と来た上五中七の緊迫感を、そのまま受け止めれば、この句の味わいは、一段と深くなる。木曾義仲も、この後すぐに、頼朝軍に敗れ、若い生涯を終る。芭蕉はそこまで言っている。きりぎりすは鳴かせない。

干鮭も空也の瘦も寒の内　考

元禄三年冬の作。句の格調、言葉の切れ等、直観的に鋭角的な切れ味の良い句と感じたけれども、正直、分かり切れない部分が残っていた。この句を生み出すのに、芭蕉の苦吟は、大変なものであったと伝えられている。「心の味をいひとらんと数日腸をしぼる」（三冊子）干からびた店頭の鮭、厳しい寒中修行の空也僧（鉢叩）。しかしこの句は、それらの写生句ではない。

「相互に無関係なもののイメージの交響を厳冬の季節感に包摂し、漂泊者としての自己の「心の味」からび　やせ　ひえ　の干の象徴としたところに句の眼目がある」（尾形仂氏『芭蕉ハンドブック』）。見事な鑑賞である。

己が心の干からび、ささくれ、孤独、への想いが隠されている。「干鮭・空也」それは「渇き痩せたわが心の姿」。芭蕉の苦吟は、これをどう癒し、明日への希望に繋げるか、にある。この句の全ては、下五にかかっている。

「寒の内」をどう読むか。芭蕉が一番苦吟したのは、下五であろう。「○の内」とは、通常では、範囲の限定を意味する。…も寒の所為、寒だから。「万物流転、季節が変われば万物も変わる」。私には「寒の苦しみも生きている証し」と受け取れる。しかし、それだけでは収まらないものがある。

次の季節への希望だろうか。それもある。でも、それだけではない。「それも、これも、生きておればこそ」と受けとめる。この時期の句に

病雁の夜寒に落ちて旅寝かな

がある。意識の奥底に流れるものには、共通したものがある。「流浪」である。留まるかに見えて流れ去る命の実相である。

この翌春には、句集「ひさご」「猿蓑」を刊行することになり、芭蕉の湖南時代とよばれる、風雅に明け暮れる一番幸せなこの時期であったが、心は旅の空にあった。

旅に病んで夢は枯野をかけめぐる

「平生即ち辞世なり、何事ぞ此節にあらんや」この句を辞世句とは言わなかった。万物行き着く先は「空（くう）」。無限のやすらぎ。これが下五「寒の内」の意。

第四部

松尾芭蕉　その後

芭蕉と子規をつなぐもの

子規が、新聞「日本」記者時代に、俳句のみならず、文芸の革新について、熱烈な論陣を張ったことは有名です。その熱気のもと、俳句においてはホトトギスとして、高浜虚子によって、近代俳句が生まれ、それが諸派にわかれ、さらにNHK俳句教室創設などにより、全国的な俳句の隆盛時代を迎えています。また、和歌においてはアララギ派、小説においては自然主義文学の隆盛へと、彼が目指した革新運動が、近代日本の文芸革新に、偉大なる業績を残しました。しかも、殆ど病床での活動で、熱烈な同志が病床を囲み、梁山泊の観をなしたと想像します。三十四歳の早世が惜しまれます。

芭蕉から蕪村へと、百年続いた俳諧の隆盛は、幕末、明治維新といった世相の荒波に晒され、伏流水のように、庶民の間に埋没しながら、生き残って来た。蕪村を掘り起こす事で、俳諧を甦らせたのが子規です。

昔、私が某生命保険会社の営業部門に在職中、松山市内で、有力者を接待した席で、即興の俳句を所望された事があります。そのような事は、松山では通常の事という話で、驚きました。

蕉門十哲の、芭蕉の死後の活躍を追いかけていて、門下の俳人が、幾人も、四国にわたり、長期逗留し、俳諧の啓蒙活動を行っている事を知りました。支考であり、野坡である。彼らは、芭蕉が「おくのほそ道」を終えて提唱しはじめた〝かるみ〟の、最も濃厚な洗礼を受けて育った門弟です。

子規は、栗田樗堂《ちょどう》（一七四九―一八一四）を「過去四国一の俳人」と賞賛している。樗堂は、芭蕉より百年遅れて生まれた人で、愛媛俳句の里　松山の人。松山の酒造家　後藤昌信の三男に生まれ、長じて、同じ酒造業、栗田家の養子となる。一八〇〇年、五十二歳で家業を引退し、庚申庵と称して俳諧に明け暮れた。引退当時、既に全国に名を知られた俳人となっていた。

この樗堂と、小林一茶の師二六庵竹阿は親交があり、一茶もその縁を頼って、四国、中国地方に長期間（足かけ七年）滞在し、腕を磨いた一人です。一茶の句風が、後年評価されているものに変化したのも、この旅で磨かれたもの。その根幹をなすものは〝かるみ〟の世界。日常の事より起こり、日常の言葉を使って〝わび〟〝さび〟に至る、である。

樗堂と芭蕉を直接結びつけるものは、見当たらない。しかし、この樗堂は、一七九三年（寛政五年）芭蕉没後百周年にあたり、大々的な芭蕉回帰運動を起こしている。この運動の流れの中で、芭蕉が「俳聖」と呼ばれるようになる。私は、芭蕉は俳聖とよばれることなど、決して喜ばないとおもうが、芭蕉に対する強い尊敬の念の結果であった事は確かである。

蕪村も、五十一歳のとき、三年間、丸亀に滞在し、多くの作品を残した。当時、江戸や京・大坂から、おおくの俳諧人が四国を訪れている。俳諧の点者といっても、安定した職業ではなく、有志の心付けに依存する生活であるから、生活の目途が立つくらいの名声を得なければならず、ある期間滞在でき、研鑽できるこの地を、腕を磨く修験場としたと想像する。

では、何故四国なのか。松山の周辺は、道後温泉、金毘羅宮、八十八ケ所巡礼地等があり、その当時から、伊勢神宮参拝と並ぶ、一大行楽地であった。京・大坂に近く、人の出入りも盛んであり、物流も多量であり、裕福な商人も多かったと思われる。俳諧を日常の楽しみとする人が多くても不思議ではない。頼って来る俳諧人を滞在させ、自らも楽しむ物質的・精神的ゆとりもあって当然のこと。周辺には、俳句を日常の楽しみにする庶民も多かったのではないか。幕末から明治にかけての、維新の大動乱の波を被った俳句界は、四国の風土で守られ、生き延び、俳諧の血脈をつないできた。子規の出現もその一環である。

俳句は庶民の文芸である。芭蕉の言った　かるみ　の世界である。庶民の生活が、平和で、ある程度豊である所に育つ。今日の俳諧の隆盛は、その象徴と言って良いと思う。

ふけゆくや蚊帳に吹きこむ天の川
ひとり来て虻に逐はるる山路かな　　栗田樗堂

一本の道

芭蕉の生涯を、この本を書き起こしながら、幾度もなぞる事になったのですが、「こんな不思議な人を見た事ない」というのが実感です。強いようで、とんでもなく弱い。いつもボロボロ。芭蕉自身その事をよく知っていて、自分が人より勝っているのは、人一倍病弱ということだけと公言している。生涯最終の旅の大坂入りをして、直後十日間、病床の師の枕元で、弟子の二人は自己主張をおさめない。その時の気持ちを、「もう俳諧の宗匠の看板など下ろして故郷へ早く帰りたい」と、書き送っている。この手紙に会って、私は芭蕉を、一遍に身近な存在に思えるようになった。しかし、こんな強い人もいない。同じ大坂へ出発の場面。

麦の穂を便りにつかむ別れかな

体調不十分で、無理な旅である事は、弟子達も本人も、十分分かっていた事。体調不良理由に、旅の中止もできた。それでも行く。私なら断っていた。芭蕉は止めなかった。人のためなら自分をも捨てられる。

芭蕉が亡くなっても、多くの弟子達は、芭蕉を離れなかった。丈草は、義仲寺の傍に住み、師の菩提を守り続けた。去来も土芳も、師の生前の教えを、忠実に書き起こし、後世に伝えている。嵐雪も　雪門と呼ばれる一派を立ち上げ、後世優れた俳人を世にだした。また、支考、野坡達も師芭蕉の教えとして、師の亡きあとを地方行脚をして〝かるみ〟〝あたらしみ〟による、自分の身辺にある事柄を、自分の言葉で詩につくる楽しみを、教えて歩いた。しかも、誰一人自分を王様にせず、芭蕉の教えという姿勢を崩さずに。この絆の強さの源泉は何だろう。

果てしなく続く一本の道を、芭蕉を先頭に、弟子達が歩く。誰でも、どうすれば、自分の言葉で、自分の真実を詩として表現し、自らも作り、誰もが作れて、楽しめるか、を考えながら歩いている。

ある日、先頭の師の影が消えた。しかし、誰も歩みを止めない。言うべきことは分かってる。歩むべき道は外に無い。

上手下手ではない。真実を言い切れているか。気持ちの底の底まで言えているか。そんな句は、生涯かけても、幾つも出来るものではないけれども。芭蕉は「名句を十句も作れる人は居ない」と言う。そこまで行かなくても、「借りものではない自分の言葉で、自分の、その瞬間の真実を、言葉にして楽しむことをしよう」というのが、芭蕉の言う〝かるみ〟〝あたらしみ〟という蕉門の道筋であり、弟子全員の共通認識であった。

富士山に降った雪が伏流水となり、今、武蔵野に無限の湧き水となって野を潤す、それが、私が深く敬愛する「松尾芭蕉」像です。

種を蒔く人　松尾芭蕉のカリスマ性

以下は、繰り返しのようですが、物語全般を俯瞰的に見ることで、認識し直すことも多々ありますので、ご一読ください。

松尾芭蕉が俳諧の世界で、桃青の名で二十名の門人を擁し、西山宗因東下により盛り上がった江戸談林派の一宗匠としてスタートしたのが、三十一歳の頃。その地位を捨てて深川芭蕉庵に隠遁したのは三十七歳の暮の事であった。以降、それまでの世間的な俳句界での、若手宗匠という実績を見事に切り捨てて、俳諧を、日本の古典芸能共通の基本理念である〝わび・さび〟の領域にまで高めるべく、禅でいう　一切放下の境地で、

野ざらしを心に風のしむ身かな

の旅に出たのが四十一歳の八月の事であった。その間第一次芭蕉庵は江戸大火で焼失し、半年間江戸を離れた。弟子の好意で第二次芭蕉庵が新築され、入居した。第一の謎は深川芭蕉庵時代の正味四年間に何があったかという事である。

芭蕉が本格的に仏道の教義について学んだのは、佛頂和尚よりである。芭蕉庵と、当時、佛頂和尚が住んでいた臨川庵とは、小名木川という堀川を渡って徒歩十分くら

いの近さである。その出会いの詳細については、具体的な資料は残されていない。芭蕉が神田川上水工事に関わっていた時の、事務所とも住居とも言われ、東京都より史跡認定されている関口芭蕉庵は、当時寺院の敷地内であったというから、この頃既に仏教界との何らかの繋がりがあったのかもしれない。

芭蕉は十歳代で二歳年上の伊賀上野藤堂家の藤堂良忠に仕えた。良忠（号　蝉吟）の、俳諧の師匠北村季吟との連絡役として働き、その頃に俳諧を覚えた。藤堂良忠は二十五歳で死亡し、芭蕉は二十三歳で、職を失った。それ以降十年ちかく、三十一歳で江戸へ下向するまで、芭蕉がどの様な職についていたかは公の記録にはない。しかし、この時期にこそ、日本の古典文芸や、古典芸能、また中国の李白・杜甫といった詩人について懸命の勉強をし、心酔した西行法師の魂にも触れたと思われる。この時期以外に、芭蕉が、あれだけの教養を身につける機会があったとは想像出来ない。歌人西行に対する芭蕉の尊敬の念は深く、おくのほそ道の旅も、西行没後五百年で、その足跡を辿る意向もあったと推察できる。

芭蕉は、談林派の俳諧師として頭角を現しながらも、言葉遊びが主流の俳句界の現状に対する違和感を我慢出来ず、浮世の毀誉褒貶を超越した純粋な精神性の高い俳諧の創造を、この頃既に模索し始めていたと思う。

現状脱却のために全てを捨て、杉風から提供された、深川芭蕉庵に隠遁したが、そこは予想以上の厳しい生活が待っていた。

芭蕉野分して盥に雨を聞く夜かな

このような状況で芭蕉は佛頂和尚に出会った。その経緯については殆ど資料がない。佛頂和尚に会い、話を聞いて、のめり込むように、禅の世界に芭蕉は突き進んで行った形跡がある。

芭蕉の死後十七年経って、一七一三年（正徳三年）佛頂和尚によって臨川庵は、幕府の認可を得て正式に臨川寺となった。開山は佛頂和尚、開基は松尾芭蕉とされ、今日に至っている。この事から見ても、芭蕉の禅の修行は半端ではなく、もしかしたら、僧侶として生涯を送ったかもしれなかった。しかし神田川上水工事の仕事も、深川臨川庵での修行による僧侶の道も、いずれも選択せず、芭蕉は究極的に風雅の道を選んだ。その心境について「猿蓑集」巻之六「幻住庵記」に次のように書いている。

かくいへばとて、ひたぶるに閑寂を好み、山野に跡をかくさむとにはあらず。やや病身人に倦て、世をいとひし人に似たり。倩（つらつら）年月の移こし拙き身の科をおもふに、ある時は仕官懸命の地をうらやみ、一たびは佛籬祖室の扉（とぼそ）に入らむとせしも、たどりなき風雲に身をせめ、花鳥に情を労して、暫く生涯のはかり事さへなれば、終に無能無才にして此一筋につながる。

佛頂和尚との修行を終えて「一切放下」の境地を会得し、結局のところ、風流の道を歩むしかないと思いを定め、行脚餓死は望むところの境地に立って、そこから俳諧を究めるべく「野ざらし紀行」の旅に出たのが四十一歳の八月。これを皮切りに、幾度かの旅を重ねて、元禄二年・四十六歳の春、六か月にわたる「おくのほそ道」の旅を踏破する。生涯最後の旅に江戸を出たのが五十一歳の四月。元禄七年十月十二日、大坂で客死するのであるが、最初の旅から、その間わずか十年であった。

野ざらし紀行　四十一歳―四十二（八月）
鹿島紀行　四十四歳（八月）
笈の小文の旅　四十四歳（十月）―四十五歳（六月）
更科紀行の旅　四十五歳（八月）
おくのほそ道の旅　四十六歳（三月）
湖南時代　四十七歳―四十八歳
第三次深川芭蕉庵　四十九歳―五十歳
最後の旅大坂　五十一歳（出発五月―十月死亡）

おくのほそ道の旅を終えた芭蕉は、江戸へは帰らず、そのまま二十年遷宮の伊勢神宮を参拝、墓参のため伊賀上野の実家に帰るが、その足で京都に向かった。京都では去来の落柿舎に入り、門人の医師凡兆宅、近江の幻住庵等を転々とし、「ひさご」「猿蓑」「嵯峨日記」等を完成している。「猿蓑」は江戸、近畿を中心に全国から四四二句一一八人の入集者をあつめたもので、蕉門旗揚げの狼煙となった。湖南時代は二年で終わり、元禄四年十月再度江戸へ足を向けた。

この江戸へ再び東下した二年間は、公私ともに大変な時代であった。江戸俳壇は、いわゆる談林派の嵐で、二年間留守にしていた芭蕉にとって、蕉風立て直しは苦労の連続であった。また、最初の東下の時に江戸へ連れて来ていた姉の子桃印の最期を看取り、婚姻については不詳であるけれども、特別の関係があったと思われる、寿貞という女性の介護もした。こういう状況にあっても、「おくのほそ道」の旅で芽生えた、蕉門の一大テーマである「かるみ」を提唱し、また名著「おくのほそ道」もこの時期に完成した。元禄七年一月、柏木素龍（門人　能書家）が庵に来て清書、その本を懐に芭蕉は最後の旅関西に向かった。

「おくのほそ道」は、芭蕉が死にのぞんで、去来に託し、去来はそれを蕉門秘蔵本として秘匿した。この正本は去来の縁者に引き継がれ、最終的には、敦賀の西村家によって保存されている。芭蕉の死後八年たって、この正本の写しが世にながれ、また、原稿本の写しも写本として出版されている。この正本が大々的に世に知られたのは、平成八年十一月、ＮＨＫ大阪のニュース番組の報道によるものであり、近代芭蕉研究の有力な手掛かりとなった。

芭蕉は、臨終直前の旅の三か月、体調不良にも拘らず、連日のように歌仙をまいている。門弟達の歓迎もさりながら、乱れがちな門弟間の融和を図ることが、今回の旅の、大きな仕事であった。

おそらく、身体的には極限に近いと思われる状況のなかで、後世伝えられる名句が、毎月の様に生まれた。

元禄七年　六月

清滝や波に散込む青松葉

元禄七年　七月

道ほそし相撲とり草の花の露（すみれ）

家はみな杖に白髪の墓参

元禄七年　九月

菊の香やならには古き佛達

此道や行人なしに秋の暮

此秋はなんで年よる雲に鳥

秋深き隣は何をする人ぞ

元禄七年　十月八日

旅に病で夢は枯野をかけめぐる

一念発起以来十年、今際の時に臨んで芭蕉自身が〝かるみ〟の世界を見事に表現して見せた。

日常の平易な素材・言葉より発して高雅な情（かなしび）を詠む〝かるみ〟の世界である。

日常の言葉でここまで高い精神の領域に到る句は古今稀である。蕉門門弟の誰もが、芭蕉を師と仰ぐことに納得する大きい拠り所となった。

蕉門の凄いところは、芭蕉の死後の発展振りである。蕉門十哲と呼ばれる人達を中心に、各人がそれぞれに、芭蕉の教えとして百変百化して俳諧の花を全国的に開花させたことである。

その原動力となったものは何か。芭蕉は生涯（蕉風旗揚げ以来）作品を自分の手で仕上げたのは、「おくのほそ道」ただ一つである。その他の作品は、資料を預けられた弟子達の手で仕上げられ、芭蕉の死後世に出された。また生前手紙の類も、それぞれの弟子に数多く、こまめに出されている。それらの書き物の類は師の亡き後、弟子達の励ましになり、指針になりして、蕉風俳諧発展の原動力となった。芭蕉が亡くなる時、残された個人の財物は身のまわりの品少々であった。芭蕉は、徹底して自己の全てを弟子達に拡散し尽くして世を去った。

生前以上に、己の死後、門人達にかくも強い影響力を発揮した芭蕉の教祖的な力の源は何か、その一つは、目指し説くものの斬新さ、日常より発してかなしみの世界に到る〝かるみ〟の発想に負うところが大きい。また常人では為し得ない「一切放下」言い換えれば「行脚餓死は本懐」の、日常生活の徹底、誰もが到底真似ることすら不可能と思うほどの徹底ぶりであった。殆ど修行僧の日常ではなかったか。そしていま一つ、身辺の者にかける「熱い心」であろう。

最初の旅、世に言う「野ざらし紀行」の帰り道、名古屋・熱田で二か月滞在し、新しい門人を得た。その三年後、世に言う「笈の小文の旅」の途次、名古屋に再度立ち寄り、三日に亘り歌仙をまいた。その席で、前回入門の杜国が商売上のことで罪を得て、流罪になっていることを聞き、門人の越人を供に、二十五里の道を馬で杜国の消息を尋ねて渥美半島まで二日がかりで行き、再会を喜んだ。その時の句

鷹一つ見付けてうれしいらご埼

この時の越智越人が、後年蕉門十哲の一人として、蕉風俳諧の普及に活躍するのであるが、生来酒飲みで、この旅でも大酒、しばしば落馬しそうになったという。そのようすを

雪や砂馬より落よ酒の酔

と一句にしている。

芭蕉の越人観を端的に表す一文。

尾張の十蔵越人と号す。越後の人なればなり。粟飯、柴薪のたよりに市中に隠れ、二日勤めて二日遊び、三日勤めて三日遊ぶ。性酒を好み、酔和するとき平家を謡ふ。これわが友なり。

杜国はその後、高野山・紀三井寺への旅に芭蕉に同伴し、越人は、芭蕉の「笈の小

文の旅」の帰途の「更科紀行」に、江戸まで芭蕉に随行している。

蕉門十哲の一人に、各務支考がいる。入門は元禄三年とあるから、「おくのほそ道の旅」が終わった頃か。人格的には同門間の人間関係で問題の多い人のようで、自己顕示欲が強く、芭蕉も去来への書簡でこぼしている。しかし芭蕉に対する忠誠心は強く、芭蕉臨終の時には遺言の書き取りをまかされている。芭蕉の死後、生前芭蕉が強く望んでいた中国・四国・九州への旅を重ね、蕉門俳諧の普及につとめた。晩年には、金沢で加賀千代と師弟関係の縁を結び、北枝と協力して、蕉門俳諧の普及に貢献した。句が大衆的すぎる嫌いはあるという声もある。

許六という門弟がいる。彦根藩三百石取りの大身、現代風に言えば、年収三千万円の大幹部である。文武六芸の免許取りで、そこから許六という俳号を芭蕉が与えたといわれている。許六が初めて芭蕉に会ったのは、元禄五年の秋。その後二年で、芭蕉は大坂で客死する。わずか二年の儚い縁であった。元禄六年、許六が江戸勤務より近江の本国に転勤する際に、芭蕉が与えた有名な一文がある。「柴門の辞」であるその一部。

その器、絵を好む。…画はとって予が師と、風雅は教へて予が弟子となす。されども、師が画は、精神徹に入り、筆端妙をふるふ。その幽遠なること、予が見るところにあらず。

芭蕉は、自分流を弟子に押し付ける事はしなかった。欠点の多い人間は、欠点の多い事を愛し、優れた人には、その優れた点に素直に敬意を払うことが出来た。

イエスキリストは、十二人の使徒の内、一人の弟子ユダの裏切りにより捕らえられ、十字架にかけられ死んだ。しかしその死により、キリストの教えは、永遠の生命を得た。

一粒の麦地に落ちて死なずば一粒にてあらん、
死なば多くの実を結ぶべし
新約聖書　マタイ傳

この「死」とは、他者のために自分のすべてを提供すること。芭蕉の死様にも、それに通じるものがあると思う。

芭蕉が亡くなる二日前、元禄七年夜更け、師に先立たれる心細さから、今後の風雅の道はどうなるかと、弟子達の問いに

此の道の我に出て百変百化す　　三冊子

という答えを残した。その意味は「私の教えたことは基本であって、各人自分なりに研鑽し、花を咲かせて下さい。きっとそういう時代になります」とのことでしょう。

現代の俳句界の隆盛をみると、予言通りになったと思う。

芭蕉は繚乱と咲く花は見ないで世を去ったけれども、沢山の種を蒔いた人と言える。

［主要参考資料］

京都・湖南の芭蕉　さとう野火　京都新聞出版センター
新解釈『おくのほそ道』　矢島渚男　角川文化振興財団
芭蕉のこころをよむ　尾形　仂　KADOKAWA
芭蕉ハンドブック　尾形　仂　三省堂書店
芭蕉の謎と蕪村の不思議　中名生正昭　南雲堂
曾良旅日記を読む　金森敦子　法政大学出版局
芭蕉の学力　田中善信　新典社
ひさご・猿蓑　宮本三郎　笠間書院
宝井其角と都会派俳諧　稲葉有祐　笠間書院
芭蕉の師佛頂和尚　鹿野貞一　かつら印刷
関口芭蕉庵案内記　史跡関口芭蕉庵保存会
臨川寺と芭蕉翁　臨川寺

【著者プロフィール】
山城 利躬（やましろ・としみ）
昭和６年１月生まれ　兵庫県三木市吉川町
昭和31年　京都大学文学部（ドイツ文学）卒
　同年　　朝日生命保険相互会社入社
平成３年　定年退職
　趣味　　読書　旅行
　出版句集　第１句集「龍の玉」 第２句集「風の跡」

夢《ゆめ》は枯野《かれの》をかけめぐる　風羅坊《ふうらぼう》・松尾芭蕉《まつおばしょう》

2023年９月21日　第１刷発行

著　者　　山城利躬
発行人　　久保田貴幸

発行元　　株式会社 幻冬舎メディアコンサルティング
〒151-0051　東京都渋谷区千駄ヶ谷4-9-7
電話　03-5411-6440（編集）

発売元　　株式会社 幻冬舎
〒151-0051　東京都渋谷区千駄ヶ谷4-9-7
電話　03-5411-6222（営業）

印刷・製本　中央精版印刷株式会社
装　丁　　秋庭祐貴

検印廃止

ISBN 978-4-344-94630-9 C0095
幻冬舎メディアコンサルティングＨＰ
https://www.gentosha-mc.com/